Merlod Maes-y-cwm

MIAREN

A'R SIOE HAF

HEFYD AR GAEL:

Miaren ar Werth!

Merlod Maes-y-cwm

MIAREN
A'R SIOE HAF

Che Golden

Addasiad Sian Lewis

Gomer

Cyhoeddwyd gyntaf ym Mhrydain yn 2013 gan
Oxford University Press,
Great Clarendon Street, Rhydychen, OX2 6DP
dan y teitl *Mulberry and the Summer Show*.

Cyhoeddwyd gyntaf yn Gymraeg yn 2014 gan
Wasg Gomer, Llandysul, Ceredigion, SA44 4JL
www.gomer.co.uk

ISBN 978 1 84851 770 7

Dymuna'r cyhoeddwr gydnabod cymorth
Adrannau Cyngor Llyfrau Cymru.

Argraffwyd a rhwymwyd yng Nghymru gan Wasg Gomer,
Llandysul, Ceredigion, SA44 4JL

I Brie
a wnaeth i ni
chwerthin
bob dydd

Pennod 1

Cydiodd Sam yn dynn ym metel oer gât y sgubor, a thrio tawelu'r pili-palod yn ei stumog. O'i chwmpas roedd y stablau'n llawn sŵn a bwrlwm. Roedd pobl yn mynd â'u ceffylau a'u merlod ar ras i'w gwersi, a hyfforddwyr yn gweiddi: 'Cydiwch yn yr awenau! Codwch y gwartholion cyn i rywun gael niwed!' Ymhen hanner awr byddai raid i Sam nôl merlen o'r sgubor, mynd i'w gwers gyntaf go iawn, a marchogaeth o flaen twr o bobl. Teimlai'n boeth ac yn bigau'r drain drosti i gyd wrth feddwl am y peth. Llyncodd yn galed.

1

'Dy chwaer yw seren ein Clwb Ponis ers tro byd,' meddai Miss Mwsog, y brif hyfforddwraig a pherchennog y stablau, pan oedd Mam yn cofrestru Sam ar gyfer ei gwersi cyntaf yn Ysgol Farchogaeth Maes-y-cwm. 'Dwi'n disgwyl i ti serennu hefyd.'

Crynodd Sam pan edrychodd Miss Mwsog i lawr ei thrwyn main arni. Meddyliodd am Alys, ei chwaer fawr, a'i stafell yn llawn rhubanau a chwpanau. Meddyliodd amdani'n hedfan dros y clwydi a'i chynffon o wallt melyn twt yn chwifio fel baner. Doedd hi'n ddim byd tebyg i Alys.

Er bod Sam yn dwlu ar geffylau, fel pawb arall yn y teulu, roedd ofn ceffylau arni hefyd. Ofn go iawn. Roedd hi'n mwynhau reidio Melfed, ceffyl ei mam. Roedd Melfed yn fawr ac yn llond ei chroen. Doedd hi byth yn mynd yn rhy gyflym, ac roedd yn stopio ar unwaith pan fyddai Sam yn gofyn. Roedd Melfed yn ddiogel, yn annwyl ac yn garedig. Yn ôl Mam, roedd ceffylau a merlod eraill 'run mor annwyl a charedig, a byddai Sam yn siŵr o deimlo'n ddewrach ar ôl cael gwersi reidio a dysgu sut i farchogaeth gwahanol ferlod yn stablau Maes-y-cwm.

Ond roedd meddwl am reidio merlod eraill yn gwneud i Sam deimlo fel rhedeg i stabl Melfed, glynu'n dynn wrth ei choes, a phallu gadael i Miss Mwsog ei thynnu'n rhydd. Credai na allai hi byth fod fel Alys, oedd yn sboncio mor hawdd ar gefn pob anifail ac yn reidio'n hyfryd, dim ots pa mor ddireidus neu hy oedd y ferlen. Bob tro roedd Sam yn meddwl am fynd ar gefn merlen ddierth, roedd hi'n dychmygu beth allai fynd o'i le. Gallai'r ferlen garlamu i ffwrdd, neu godi, neu ei thaflu dros ei phen, a'i gadael ar lawr ag asgwrn wedi torri. Fyddai hi byth yn gallu aros yn y cyfrwy.

Teimlodd ddagrau'n pigo'i llygaid, oedd yn boeth ac yn sych ar ôl noson ddi-gwsg.

Sgrwbiodd ei hwyneb â chefn ei llaw a sbecian dros ei hysgwydd. Roedd ceffyl gwinau enfawr yn cerdded drwy'r iard, a merch yn eistedd yn gysurus ar ei gefn â dim ond un llaw ar yr awenau. Creadur sarrug yr olwg oedd y ceffyl, yn plygu'i glustiau yn ôl ac yn clecian ei ddannedd ar yr anifeiliaid eraill. Roedd tair merch yn mynd i ferlota,

eu ceffylau'n prancio, a'u pedolau'n llithro ar y concrit. Suddodd Jên, un o'r hyfforddwyr, i gyfrwy Liwsi, ei chaseg ddu a gwyn. Neidiodd Liwsi a throi mewn cyffro.

'Mae Liwsi braidd yn ffres. Dyw hi ddim wedi cael cyfle i garlamu ers tro,' eglurodd Jên, pan welodd hi wyneb gofidus Sam. 'Ffwrdd â ni!' Winciodd yn llon, wrth i Liwsi hop-hopian o'r iard. Glynai Jên yn dynn wrth ei chefn.

Gan lyncu'n nerfus, dihangodd Sam i gysgodion y sgubor, a thrio anghofio sŵn yr iard. Yn syth o'i blaen roedd clwstwr bach o ferlod Shetland. Y plant lleiaf oedd yn eu reidio nhw. I'r dde roedd y cobiau enfawr ar gyfer oedolion oedd yn dysgu marchogaeth, ac i'r chwith roedd merlod o wahanol liwiau a maint ar gyfer y plant hŷn. Yn y stablau y tu ôl iddi roedd brenhinoedd a breninesau'r iard, sef y ceffylau ar gyfer marchogion profiadol, a'r ceffylau oedd yn perthyn i bobl fel ei mam. Dros y penwythnos ac yn ystod y gwyliau byddai criw mawr o blant yn dod i helpu yn y stablau er mwyn cael marchogaeth am ddim. Gwaith y plant oedd carthu, cario dŵr, a brwsio cotiau'r anifeiliaid nes eu bod nhw'n sgleinio. Wrth fynedfa'r iard roedd arena fawr awyr agored lle roedd gwersi'n cael eu cynnal pan fyddai'r tywydd yn braf; tua'r cefn, roedd yr arena dan do, a'i llawr o dywod meddal. Rhwng y ddwy roedd clwstwr o stablau, stafelloedd harneisiau, stordai, a stafelloedd bwyd ar gyfer 80 o anifeiliaid. Roedd y lle'n brysur tu hwnt. Roedd Maes-y-cwm fel gwlad fach, ac ymhen ugain munud, byddai hanner y boblogaeth, gan gynnwys

Alys, yn prysuro i'r arena awyr agored i weld y plant newydd yn cael eu gwers gyntaf. *Os gwna i rywbeth dwl*, meddyliodd Sam, *dyna'i diwedd hi.*

Ochneidiodd a gwylio'r merlod bach Shetland yn mwynhau pryd o wair. Petai hi'n swatio yn eu canol, falle fyddai neb yn sylwi ei bod hi'n absennol.

Yn sydyn, dyma rywun yn dod y tu ôl iddi ac yn ei gwthio'n gas yn erbyn bar ucha'r gât. Dihangodd y Shetlands wrth glywed y glec.

'O, mae'n ddrwg iawn gen i. Wnes i ddim sylwi arnat ti,' meddai llais melfedaidd yng nghlust Sam. 'Allwn i ddim helpu. Dim ond llipryn bach wyt ti.'

Cododd Sam ei phen a syllu i lygaid brown del y bwli mwyaf ar yr iard, sef Clara

Jones. Roedd Clara ac Alys yn casáu'i gilydd â'u holl galon, ac yn methu dioddef colli i'w gilydd mewn unrhyw gystadleuaeth. Gwallt melyn oedd gan Alys, ond gwallt brown, lliw siocled oedd gan Clara, a hwnnw'n llifo i lawr ei chefn. Syllodd i lawr ei thrwyn ar Sam, ei hwyneb pert yn oer a gwawdlyd, ac un ael yn codi'n fwa perffaith.

'Hmmmm, be sy fan hyn 'te?' snwffiodd Clara. Giglodd ei ffrindiau y tu ôl iddi. 'O ferched, edrychwch pwy sy ar ein iard ni. Neb llai na chwaer fach yr enwog Alys Llwyd. Eisiau profi dy hun o flaen Mami a dy chwaer fawr, wyt ti?' Plygodd Clara a syllu ar Sam â llygaid cul. 'Gofala na fyddi di'n cwympo a thorri dy wddw.' Sythodd a gwenu'n oeraidd. 'Pob lwc. Byddwn ni i gyd yn dy wylio.'

Wrth i gefn main Clara Jones a'i chyrls brown sbonciog ddiflannu i gyfeiriad yr arena a'i ffrindiau gyda hi, teimlodd Sam bob mymryn o'i hyder yn diflannu drwy wadnau'i thraed.

''Na greadur digywilydd,' meddai llais o rywle ger ei phengliniau. Edrychodd Sam o'i chwmpas yn syn, ond welodd hi neb. Roedd y Shetlands wedi dod yn ôl at y gât, ac yn cnoi gwair yn swnllyd a'r crensian yn atsain drwy'r sgubor.

Ochneidiodd Sam ac edrych ar ei watsh. Roedd hi'n bryd mynd i nôl ei merlyn.

Pennod 2

Merlyn bach brown a gwyn oedd Oscar. Yn ôl Miss Mwsog, roedd e'n 'gymeriad'. Roedd Sam yn meddwl ei fod e'n boen yn y pen-ôl.

Wrth arwain Oscar i'r iard, fe ruthrodd e'n syth am y cafn dŵr, er bod digon o ddŵr yn y sgubor, a llusgo Sam, druan, ar ei ôl. Cydiodd hithau'n dynn yn ei awenau lledr, a thrio plannu'i sodlau yn y concrit, wrth i Oscar blygu'i glustiau tuag yn ôl a'i thynnu.

'Arswyd fawr, blentyn, *paid â gadael iddo wneud hynna*!' gwaeddodd Miss Mwsog o ganol yr arena lle roedd gweddill dosbarth Sam yn archwilio harneisiau eu merlod cyn dringo ar eu cefnau. Gwasgodd Sam ei ddannedd a thynnu'n galed ar yr awenau, ond dim ond ysgwyd ei ben yn bwdlyd wnaeth Oscar.

'Os bydd e'n llowcio dŵr cyn y wers, fe gaiff e boen difrifol yn ei fol,' rhuodd Miss Mwsog, a'i llygaid yn neidio o'i phen. 'Dyna ffordd *ofnadwy* o drin un o'm merlod *i.*' Ochneidiodd Sam wrth i Oscar ddowcio'i wyneb yn y cafn a chwythu dŵr dros bobman. *Does dim syched arno o gwbl!* meddyliodd Sam.

Cymerodd un o'r plant hŷn drueni drosti a'i helpu i lusgo Oscar i lawr i'r arena, a'i dynnu a'i wthio drwy'r gatiau, draw at y rhes o ferlod eraill. A'i hwyneb fel tân, fe ofalodd Sam fod y cyfrwy'n ffitio'n dwt am ei fol, rhag ofn i'r cyfrwy lithro pan oedd hi'n dringo ar ei gefn. Rhoddodd un droed yn y warthol, cydio'n dynn yn awenau Oscar ac ym mhen blaen y cyfrwy, a pharatoi i neidio i fyny. Ond wrth iddi roi'i phwysau ar y warthol a chodi o'r llawr, fe gamodd Oscar i'r naill ochr a'i gorfodi i hopian ar ei ôl. Aeth ei cheg yn sych pan glywodd hi'r chwerthin o gyfeiriad wal yr arena, lle roedd y plant hŷn wedi dod i wylio'r wers. Gwasgodd ei dannedd yn dynn, aros i Oscar dawelu, a rhoi cynnig arall. Ond cyn gynted ag y ceisiodd

hi neidio ar ei gefn, trodd y merlyn i ffwrdd a'i lygaid yn llawn direidi.

'Stopia chwarae'r ffŵl a dringa ar gefn dy ferlyn, Samantha Llwyd. Rwyt ti'n cadw pawb yn aros, ac mae'r dosbarth bum munud yn hwyr yn dechrau!' cyfarthodd Miss Mwsog.

'Dwi'n gwneud fy ngorau, Miss Mwsog,' pwffiodd Sam wrth i'w throed lithro o'r warthol ac i'w thrwyn daro'r cyfrwy. Sbonciodd Oscar i ffwrdd unwaith eto gan brancio o'i chwmpas yn llon.

'Wel, wir!' snwffiodd Miss Mwsog a brasgamu tuag at Sam ac Oscar. Tawelodd y merlyn ar unwaith ac edrych yn ddiniwed. 'Dyw hwn ddim yn ddechrau da. O'n i'n disgwyl gwell oddi wrthot ti, Miss Llwyd.' Twt-twtiodd, gafael yn yr awenau a gwneud i Oscar aros yn llonydd. 'Cydia'n dynn yn yr awenau a lan â ti. Dangos mai ti yw'r bòs. Os na wnei di hynny, fe fydd e'n dy drin di fel baw!'

'Iawn, Miss Mwsog,' mwmialodd Sam. Diolch byth, fe safodd Oscar yn llonydd nes ei bod hi yn y cyfrwy, ac yna trotian yn eiddgar i gefn y rhes o ferlod. Cerddodd pawb drwyn wrth gynffon ac aros am fwy o gyfarwyddiadau gan Miss Mwsog.

Teimlai Sam yn od yn reidio merlyn bach. Roedd hi wedi arfer â Melfed, a oedd yn geffyl go iawn. Roedd coesau Melfed yn hir a'i chamau'n fawr ac yn esmwyth. Cerddai Oscar ling-di-long ar ei goesau byr, ac roedd hi'n anodd i Sam gyfarwyddo â'r rhythm cyflym a herciog. Roedd hi'n ddigon hawdd trotian ar Melfed, ond yn anoddach o lawer ar Oscar.

'Lan, lawr, lan, lawr, codwch yn lletraws, ferched. Cydiwch â'ch cluniau a gwaelod y goes, ac nid â'ch penigliniau,' gwaeddodd Miss Mwsog wrth i bawb drotian yn ufudd o amgylch yr ysgol. 'Nawr, pwy all ddweud wrtha i beth yw ystyr codi lletraws?'

'Fi, Ma'am,' meddai Natalie, dwmplen o ferch â phlethau hir, brown, oedd newydd symud gyda'i theulu o Efrog Newydd.

'Pan mae ysgwydd y goes sy agosa at wal yr arena yn symud yn ôl tuag atoch chi, rhaid i chi eistedd yn y cyfrwy, ond pan mae'n symud ymlaen, rhaid i chi godi eto.'

'Da iawn, Natalie,' meddai Miss Mwsog. 'Braf clywed dy fod ti wedi dysgu rhywbeth gwerth chweil yn America.'

'Fel mae'n digwydd, mae'r ffordd Brydeinig o farchogaeth yn eitha poblogaidd yn Efrog Newydd, Ma'am . . .' dechreuodd Natalie egluro.

'Diolch, bach, ond *fel mae'n digwydd*, wnes i ddim gofyn am ateb,' meddai Miss Mwsog. 'Samantha, eglura pam y'n ni'n codi wrth drotian?'

Sbonciodd Sam yn y cyfrwy a thrio gafael yn dynnach yn yr awenau a chribinio'i meddwl am ateb. 'Pan fyddwn ni'n codi o'r cyfrwy wrth drotian, mae'n rhyddhau cefn y ceffyl, felly mae'n camu'n fwy bras ac yn fwy esmwyth, Miss Mwsog. Hefyd, mae'n golygu bod gan y ceffyl a'r marchog well cydbwysedd.'

'Falle dylet ti wrando ar dy ateb dy hun 'te, Samantha, yn lle marchogaeth fel sach o datws.'

Cochodd Sam pan glywodd hi'r chwerthin o ymylon yr arena, a thriodd ymlacio yn y cyfrwy wrth i Oscar loncian yn ei flaen.

Am yr hanner awr nesaf fe fu'r dysgwyr yn gweithio mewn grŵp, yn cerdded a throtian a sefyll yn stond. Gofynnodd Miss Mwsog iddyn nhw ymarfer sefyll yn eu gwartholion, wrth gerdded a throtian, er mwyn gwella'u balans. Roedd pawb wedi woblan a disgyn yn ôl i'r cyfrwy, ond roedd Natalie'n waeth na neb. Allai hi ddim sefyll am eiliad. Roedd Sam yn ymlacio ac yn dechrau mwynhau'i hun pan benderfynodd Miss Mwsog fod raid i bawb ogarlamu un ar y tro.

'Pan fydda i'n dweud, dwi am i bob un ohonoch chi newid o drotian i ogarlamu,' cyhoeddodd Miss Mwsog. 'Byddwch chi'n gogarlamu ar hyd y trac nes cyrraedd pen pella'r arena. Yno fe fyddwch chi'n hanner-stopio, yn troi mewn cylch 20 metr gan arafu ychydig, cyn mynd yn ôl i'r trac, ac ymuno â chefn y rhes. Unrhyw gwestiynau?'

'Beth yw hanner-stopio, Miss Mwsog?' gofynnodd un o'r merched.

'Hanner-stopio yw gwasgu'n ysgafn ar yr awenau fel taset ti'n gofyn am stop, ond ar yr un pryd rwyt ti'n defnyddio dy goesau i yrru'r merlyn ymlaen. Mae hynny'n rhoi cyfle i'r anifail arafu, byrhau'i gefn a chydbwyso'n well. Dyw e *ddim* yn arwydd i newid symudiad. Rhaid i'r merlyn ddal ati i ogarlamu. Dechreuwch.'

Llyncodd Sam. Doedd hi ddim ond yn gallu gogarlamu mewn llinell syth. Edrychodd i lawr ar Oscar a gweddïo ei fod e'n gwybod beth i wneud.

Drwy lwc, doedd neb yn y dosbarth yn gallu gwneud cylch perffaith. Roedd rhai siâp wy, rhai bron yn sgwâr, ac roedd rhai o'r merched yn methu cael eu merlod i ddal ati i ogarlamu. Felly pan ddaeth tro Sam, fe gymerodd anadl ddofn, gofyn i Oscar drotian ymlaen, wedyn eistedd yn y cyfrwy, un goes ar y gengl a'r llall y tu ôl, a gofyn iddo ogarlamu.

Pe bai rhywun yn holi Sam be

ddigwyddodd nesa, fe fyddai wedi dweud bod Oscar wedi penderfynu ymosod fel tarw. Rhoddodd ei ben rhwng ei goesau a charlamu tuag ymlaen. Syrthiodd Sam ar wddw'r ceffyl, wrth i Oscar drio llusgo'r awenau o'i llaw. Doedden nhw ddim yn agos at y trac! Carlamodd Sam i ben draw'r arena, ei gwynt yn ei dwrn a'i chorff bron â thoddi mewn braw. Rhuodd y gwynt yn ei chlustiau wrth fynd heibio Miss Mwsog. Gwelodd Sam wyneb main, cul Miss Mwsog yn crychu. *'Eistedd lan, y ferch ddwl!'* gwaeddodd.

Roedd ysgwyddau Sam wedi rhewi mewn braw. Fe frwydrodd i'w gwthio tuag yn ôl, eistedd i fyny a chadw'i balans. Roedd wal yr arena'n rhuthro'n frawychus tuag ati. Cyn iddyn nhw daro yn ei herbyn, llwyddodd Sam i ddal gafael mewn modfedd neu ddwy o'r awenau a chael digon o reolaeth ar Oscar i wneud iddo droi'i ben, a symud yn sydyn i'r chwith.

Galla i wneud hyn, meddyliodd Sam, ac anelu am y gornel lle roedden nhw i fod i droi er mwyn cwblhau'r cylch. *Galla i wneud hyn*. Pan eisteddodd hi'n ôl wrth ddilyn y wal ar hyd ymyl y trac a gofyn am hanner-stop, dechreuodd corff Oscar droi oddi tani. Arafodd ei garnau, a chodi ei ben. Cipiodd Sam fymryn mwy o'r awenau a meddwl, *IEEEEE! Dwi YN gwneud!* gan dynnu â'i llaw chwith a gofyn iddo droi mewn cylch.

Ond i ffwrdd ag e eto ar ras ar draws yr arena, â'i ben i lawr, gan lusgo Sam tuag ymlaen nes ei bod hi bron yn cusanu'i fwng. Yn lle troi mewn cylch 20 metr, roedd e'n anelu'n syth at Miss Mwsog.

Mewn dychryn llwyr gwyliodd Sam wyneb coch, ffyrnig Miss Mwsog yn dod yn nes ac yn nes. Allai hi wneud dim i stopio Oscar.

Ond cyn iddo garlamu dros berchennog y stablau, trodd y merlyn bach mor gyflym nes i Sam golli'i balans. Hedfanodd dros ei ysgwydd a glanio ar wastad ei chefn ar y sglodion pren ar lawr yr arena.

Syllodd Sam ar yr awyr las a'r cymylau gwyn gwlanog yn hofran mor dawel drosto, a thrio sugno aer i'w hysgyfaint. Roedd y codwm wedi mynd â'i gwynt yn lân.

Tra oedd hi'n gorwedd yno'n ymladd am anadl fel pysgodyn ar lan afon, daeth wyneb miniog Miss Mwsog i'r golwg rhwng y cudynnau syth o wallt du oedd wedi dianc o'i het. Roedd ei llygaid glas fel rhew.

Llyncodd Sam a syllu arni.

'A beth,' gofynnodd Miss Mwsog, a'i llais yn hisian yn dawel drwy'r distawrwydd llethol, 'beth yn y byd oedd hwnna, os ca i ofyn?'

Meddyliodd Sam am eiliad. 'Ym ... ymgais ... ddewr?' crawciodd.

Dechreuodd pawb rowlio chwerthin – y gwylwyr y tu allan i'r arena a'r marchogion y tu mewn. Pawb ond Miss Mwsog. Cochodd ei hwyneb, a theneuodd ei cheg, nes bod ei gwefusau'n un llinell wen galed.

'Cwyd, Miss Lwyd, a thria reoli dy ferlyn, a rheoli dy geg ar yr un pryd.'

Gan wingo, cododd Sam ar ei thraed a hercian at Oscar oedd wedi ymuno â'r lleill, ac yn sefyll yn dawel a'i lygaid yn disgleirio. Cydiodd Sam yn yr awenau, dringodd yn boenus i'r cyfrwy, a phesychu wrth i'w hysgyfaint sugno'r awyr yn awchus.

'Pawb i sefyll mewn rhes,' meddai Miss Mwsog, a'r chwerthin y tu ôl iddi'n troi'n giglan a sibrwd. Ufuddhaodd y dosbarth, troi eu merlod a sefyll ochr yn ochr mewn rhes dwt o flaen Miss Mwsog.

Syllodd Miss Mwsog yn sarrug dros ei thrwyn main, a'i dwylo y tu ôl i'w chefn.

'I ddysgu marchogaeth mae angen amser, amynedd, dewrder, gwaith caled yn ogystal â gallu naturiol,' meddai. 'Mae pob un ohonoch chi wedi cael profiad o reidio cyn ymuno â'r dosbarth hwn. Mae gennych chi riant neu frawd neu chwaer sy eisoes wedi dangos eu gallu. Dwi'n disgwyl pethau gwych gan y dosbarth hwn, ond yn bendant ches i mo hynny heddiw.' Tawodd am funud a'u gwylio'n gwingo'n ddiflas yn eu cyfrwyau.

'Chi sy'n gyfrifol am enw da Stablau Maes-y-cwm,' ychwanegodd Miss Mwsog. 'Mae 'na wyth wythnos cyn diwedd y tymor. Wedyn wythnos ar ôl i'r ysgol gau, fe fydd Stablau Maes-y-cwm yn cynnal Sioe Haf . . .'

'*Naw wythnos?!*' gwichiodd Natalie, a'i hwyneb yn wyn. Crynodd, a thawelu pan edrychodd Miss Mwsog yn gas arni.

'. . . ac, wrth gwrs, byddwch chi i gyd yn cystadlu. Y sioe fydd eich arholiad ddiwedd tymor. Dwi'n disgwyl i chi i gyd weithio'n galed a gwella'n *sylweddol* dros yr wythnosau

nesa,' meddai Miss Mwsog. 'Prynhawn 'ma
mi fydda i'n rhoi'ch enwau ar yr hysbysfwrdd
yn y swyddfa, a dwi am i chi ddewis eich
merlyn ar gyfer y sioe cyn diwedd y dydd.
Bant â chi.'

Ar y gair, trodd Miss Mwsog ar ei sawdl
a martsio o'r arena. Wnaeth hi ddim hyd
yn oed aros i syllu'n gas ar Natalie, a oedd
wedi llithro'n rhy gyflym oddi ar ei merlen a
glanio ar ei phen-ôl.

Pennod 3

Ochneidiodd Sam a dechrau arwain Oscar yn ôl drwy'r iard. Roedd y merched hŷn yn cerdded i ffwrdd ling-di-long, gan sibrwd a sbecian yn ddireidus ar Sam a'i dosbarth chwyslyd, anniben. Edrychodd Sam am Alys, a gweld ei chynffon o wallt melyn yn diflannu rownd y gornel gyda'i ffrindiau. Suddodd ei chalon. Rhaid ei bod hi wedi reidio'n wael iawn, iawn os oedd Alys yn gwrthod aros i siarad â hi.

Roedd Oscar ar gymaint o ras i gael pryd mawr o wair, fel y bu bron iddo sefyll ar ei throed. Teimlai Sam fel anelu cic at ei ben-ôl

31

mawr, ar ôl iddi dynnu'r ffrwyn a'i wylio'n cerdded i gysgod y sgubor.

'Yn bendant fydda i ddim yn dy ddewis *di* ar gyfer y sioe,' meddai, a thynnu'i thafod arno.

'Ooooooo, bydd e moooooooor siomedig i glywed bod twpsen fel ti'n gwrthod ei reidio,' snwffiodd llais bach sarcastig.

Edrychodd Sam o'i chwmpas yn syn. Unwaith eto doedd dim sôn am neb, ac unwaith eto roedd y llais yn dod o rywle o gwmpas ei phengliniau. Edrychodd i lawr a gweld Plwmsen, un o'r Shetlands, yn syllu arni drwy'r ffens fetel oedd yn rhannu'r sgubor. Ond pwy yn y byd oedd wedi siarad? Ysgydwodd ei phen a mynd â'r cyfrwy a'r ffrwyn i'r stafell harneisiau.

Rhedodd i weld Melfed, caseg ei mam.

Roedd y goben fawr ddu'n dal i fwyta'i brecwast, felly doedd hi ddim eisiau dod draw i ddweud helô. Tynnodd Sam ei bysedd dros y wal, a cherdded ar hyd y rhes o stablau. Roedd Liwsi newydd fod allan am dro ac yn cael ei gwynt ati yn ei stabl. Roedd y gaseg fawr fraith wastad yn mwynhau cael rhwbio'i thrwyn, ond pan estynnodd Sam

ei breichiau, trodd Liwsi'i chefn tuag ati a gwasgu'i phen-ôl yn erbyn drws y stabl.

'Hei, crafa 'nghynffon i, wnei di, cyw?'

Safodd Sam yn stond a syllu ar y gaseg, ei cheg yn llydan agored fel petai rhywun wedi datod y sgriws.

'Wwwww, dere mla'n. Fan'na ym môn y gynffon. Mae'n cosi fel y boi.'

'Beth mae'r creadur dwl eisiau nawr?' galwodd llais llon. Gwenodd Jên ar Sam a sbecian dros y drws ar ei cheffyl. 'O, chwarae teg, eisiau i ti grafu'i phen-ôl mae hi, Sam.' Chwarddodd Jên, gwthio'i bysedd i dop cynffon Liwsi a chrafu'n chwyrn. Estynnodd Liwisi'i gwddw a gwneud sŵn bach bodlon.

'Ie,' meddai Sam. 'Ddwedodd hi wrtha i.'

Gwenodd Jên. 'Hy! Greda i,' meddai.

'Weithiau, pan wyt ti'n dod i nabod ceffylau'n dda, gallet ti dyngu eu bod nhw'n siarad.'

A'i phen yn troi, gadawodd Sam Jên a cherdded allan i'r haul. Edrychodd i gyfeiriad y Shetlands, a gweld Plwmsen yn sefyll yn stond wrth y gât ac yn syllu'n hir arni. Cerddodd draw'n araf, cwtsio o'i blaen ac edrych i'w llygaid mawr brown.

'Wnest ti ddweud rhywbeth wrtha i'n gynharach?' sibrydodd.

Snwffiodd y gaseg fach frown ac ysgwyd ei mwng blêr. 'Do wrth gwrs, y twmffat. Y peth od yw dy fod ti wedi clywed.'

Ar y gair, disgynnodd cysgod dros Sam. Estynnodd esgid fach ddu heibio iddi a rhoi cic i'r gât. Neidiodd Sam, llithro, a gafael yn y barrau. Ciliodd Plwmsen o'r ffordd gan chwythu drwy'i thrwyn.

'O, mae'n ddrwwwwg gen i unwaith eto,' ochneidiodd Clara. Giglodd ei ffrindiau y tu ôl iddi. 'Dwi'n methu stopio cerdded drosot ti. Mae'r merlod 'run fath. Dylet ti

symud o dan draed, rhag ofn i ti gael dy wasgu fel morgrugyn.'

'Falle dylai hi aros ar lawr,' gwawdiodd Emma Crosby, merch oedd bron â bod yn bert, â llwyth o golur wedi'i blastro dros y 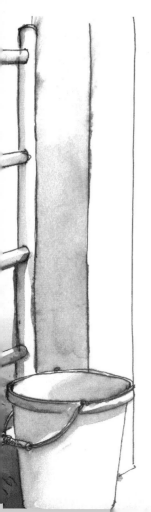 smotiau ar ei thalcen a'i bochau. 'Mae'n reidio mor wael, byddai'n haws a mwy diogel iddi orwedd ar lawr yr arena a gadael i'r ferlen ymarfer hebddi.'

'Syniad gwych, Emma,' meddai Clara, gan agor ei llygaid led y pen ac esgus cytuno â phob gair. 'Dy'n ni ddim eisiau iddi gael dolur, y'n ni? A dyna siom i Alys annwyl fyddai cael chwaer fach stiwpid sy'n cwympo o hyd ac o hyd. Meddyliwch am yr embaras petai hi'n cystadlu yn y sioe. Byddwn i'n marw o gywilydd petai hi'n chwaer i fi.'

Crechwenodd Emma a chwarddodd y gwrachod eraill. 'A finne,' meddai. 'Ar ôl be ddigwyddodd heddiw, byddwn i wedi'i diarddel hi'n syth.'

'Yn hollol,' meddai Clara. Syllodd ar Plwmsen, a'i bys ar ei gwefus, ac esgus meddwl yn ddwys. 'Wrth gwrs, fe allet ti reidio'r sach chwain 'na draw fan'na. Fyddai dim rhaid i ti boeni am gwympo, achos gallet ti eistedd yn y cyfrwy a gadael i dy draed lusgo dros y llawr.' Plygodd a phinsio boch Sam nes ei bod yn gwichian mewn poen. 'Meddylia di am hynny, siwgwr. Dyna'r unig ffordd y galli di gystadlu ac aros yn fyw.

Wela i di.' Ac i ffwrdd â Clara gan daro yn erbyn Sam wrth fynd heibio. Dilynodd Emma a gweddill ei ffrindiau, a rhoi clec i gorff bach main Sam ag ysgwydd a chlun.

Gwyliodd Sam nhw'n mynd â dagrau o dymer a siom yn ei llygaid. Gwasgodd ei dyrnau'n dynn a phlannu'i hewinedd yng nghroen ei dwylo.

'Dwi'n ei chasáu hi,' hisiodd rhwng ei dannedd. 'Dwi'n ei chasáu hi go iawn.'

'Finne hefyd,' meddai Plwmsen.

Edrychodd Sam i lawr. Roedd hi'n dal i fethu credu'i chlustiau. 'Be ddwedest ti?' gofynnodd.

Rholiodd Plwmsen ei llygaid. 'Nefi blw,' mwmialodd. 'Mae hon yn fyddar ac yn dwp. Druan â hi!' Cododd ei llais. 'Finne hefyd, ddwedes i.'

'Be mae hi wedi'i wneud i ti?'

'Llawer mwy nag i ti,' meddai Plwmsen. 'Dychmyga gael merch fach annifyr ar dy gefn, yn tynnu ar y metel yn dy geg ac yn dy gicio yn dy asennau pan mae hi eisiau i ti fynd yn gyflymach.'

'Wnaeth hi hynna i ti?' gofynnodd Sam.

'Fe wnaeth hi hynna i bob un ohonon ni,' meddai Tyrbo, Shetland bach crychlyd du a gwyn, mor grwn â phêl ar goesau bach, bach. 'Un diwrnod fe dynnodd hi 'mhen mor galed i wneud i fi droi, bues i bron â chael niwed i 'ngwddw.'

'Does gen i ddim teimlad yn fy ochr ers iddi 'nghicio i rownd yr arena,' meddai Shetland o'r enw Mici.

'Ocê, ocê, mae hi wedi cael y neges!' gwaeddodd Plwmsen. 'Fi sy'n siarad fan hyn!

Y pwynt yw, ry'n ni'n ei chasáu hi. Mae pob poni sy wedi rhoi reid i Clara Jones yn ei chasáu mas draw. Ond dwi'n gwybod sut gallwn ni ddysgu gwers i Miss Snobi Nicyrs a, rhyngoch chi a fi, mae'n gofyn amdani.'

'Iawn,' meddai Sam. 'Ond ga i ofyn cwestiwn? Pam y'ch chi'n siarad â fi? Dyw anifeiliaid ddim yn siarad.'

Rhinciodd Plwmsen ei dannedd sgwâr. 'Gwranda, twmffat, mae'n hollol syml. Mae pob anifail yn gallu siarad. Ond does dim pwynt siarad â neb ar ddwy goes fel arfer. Ychydig iawn ohonoch chi sy'n trafferthu i wrando ar anifeiliaid yn siarad, ac mae'r mwyafrif o'r rheiny'n dychryn ac yn gwylltu, a dweud bod raid iddyn nhw orwedd i lawr mewn stafell dywyll. Ond rwyt ti'n gallu'n clywed ni'n ddigon clir. Dim ond i ti gyfarwyddo â'r ffaith ein bod ni'n siarad, fe fydd popeth yn iawn. Ar y llaw arall os wyt ti'n un o'r rhai sy'n mynd i wylltu, gwyllta nawr, a phaid â gwastraffu'n hamser ni.'

Edrychodd Sam ar Plwmsen a meddwl, *Dyma'r peth mwya gwallgo dwi wedi'i wneud erioed. Falle 'mod i wedi taro 'mhen yn galed wrth ddisgyn oddi ar Oscar.* 'Iawn,' meddai. 'Beth yw'r cynllun?'

Gwichiodd Plwmsen yn hapus a chodi ar ei choesau ôl. Tyrrodd y Shetlands eraill o'i chwmpas. 'Gwych!' gweryrodd. 'Fe wylion ni dy wers di heddiw . . .'

Ochneidiodd Sam.

'Doedd hi ddim yn rhy ddrwg, pwt. Nac oedd, wir,' meddai Tyrbo'n garedig.

'Doedd hi ddim yn dda iawn chwaith,' meddai Plwmsen. 'Ond does dim rheswm pam na alli di reidio'n dda yn Sioe Maes-y-cwm, dim ond i ti ymarfer yn galed iawn dros y naw wythnos nesa.'

'Ond allwn i ddim rheoli Oscar!' llefodd Sam. 'Roedd e'n deimlad ofnadwy. O'n i'n meddwl y byddwn i'n taflu i fyny neu dorri 'ngwddw, neu'r ddau!'

'Nid dy fai di oedd e. Mae Oscar wastad yn gwylltu pan fydd e heb gael ei farchogaeth ers sbel,' meddai Tyrbo.

'Oi!' meddai Oscar a sbecian dros y ffens â darnau o wair yn ei geg.

'Oi, wir! Rwyt ti wastad yn boen pan fydd y gwersi'n ailddechrau ar ôl y gwyliau ysgol,' meddai Plwmsen. 'Bydd dawel! Nawr 'te, yn ôl â ni at ein cynllun. Dwi'n siŵr y gallet ti reidio'n dda yn y Sioe. Rwyt ti'n gwybod beth i'w wneud, dim ond i ti fagu hyder ac ymarfer. Ond os wyt ti eisiau talu'n ôl go iawn i Miss Snobi Nicyrs, fydd hynny ddim yn ddigon.'

'Pam lai?' gofynnodd Sam.

'Achos mae rhaid i ti fod yn well na hi,' meddai Plwmsen.

'Mae'n hŷn ac yn fwy profiadol na fi,' meddai Sam. 'Alla i mo'i churo mewn naw wythnos.'

'Na, alli di ddim o ran sgiliau,' meddai Plwmsen.

'Wel, sut 'te?' gofynnodd Sam.

'Os wyt ti'n benderfynol o dalu'n ôl i Clara Jones, rhaid i ti wneud rhywbeth mae hi'n methu'i wneud,' meddai Plwmsen. 'Rhaid i ti gystadlu a llwyddo ar ferlen mae hi'n methu'i reidio. Tipyn o blwc, dyna i gyd sy eisiau.'

Syllodd Sam ar Plwmsen, a oedd, erbyn meddwl, yn edrych braidd yn wallgo. Ond dyna ni, roedd gan bob Shetland olwg bigog, ddwl, a'r llygaid-yn-edrych-i-ddau-gyfeiriad-gwahanol. Meddyliodd am Clara'n reidio mor dawel a hyderus ar gefn y merlod stranciog roedd hi wastad yn eu dewis. Meddyliodd gymaint roedd hi'i hun yn *ofni'r* merlod hynny.

Llyncodd nes bod ei cheg yn sych. 'Pa ferlen?'

Cyrliodd gwefus Plwmsen yn ôl at ei

thrwyn a gwenodd. 'Miaren. Os wyt ti am fod yn seren yr iard ymhen naw wythnos a sathru Clara dan draed, rhaid i ti farchogaeth Miaren.'

Pennod 4

Aeth y sgubor yn dawel, dawel. Doedd dim smic i'w glywed. Stopiodd Oscar gnoi am eiliad a syllu ar Plwmsen a'i lygaid bron â neidio o'i ben. 'Gwallgo!' meddai o dan ei wynt a diflannu. Syllodd gweddill y Shetlands ar Plwmsen ac ar y wên *Yn-tydw-i'n-glyfar?* fawr ar ei hwyneb. Roedd Sam yn hanner disgwyl iddi wneud y sblits â'i choesau ôl, taflu'i charnau blaen yn yr awyr a gweiddi, 'Ta-daaaaa!'

'Gwych!' meddai Tyrbo o'r diwedd. 'Fflipin clyfar!'

'Diolch yn fawr iawn,' meddai Plwmsen, gan blygu'n isel. 'Ac ar gyfer fy nhric nesa . . .'

'Pwy yn y byd yw Miaren?' gofynnodd Sam i'r Shetlands oedd yn sboncio ac yn gwichian yn hapus.

'Mi ddweda i wrthot ti,' meddai llais dwfn, hamddenol, gan ddiferu fel mêl i'w chlustiau. Yn y lloc drws nesaf roedd Basil, y cob enfawr, yn syllu dros ei ben-ôl mawr â llygaid cysglyd. 'Hi yw'r un mae Miss Mwsog wedi'i gwahardd o'r gwersi ar ôl iddi anafu cymaint o bobl.

Mae'n hen ac yn bigog iawn. Mae'n cicio, mae'n taflu, mae'n rhusio, mae'n cnoi. Mewn gair, *paid* â'i reidio. 'Sdim rhaid i ti dorri dy wddw i ddysgu gwers i Clara Jones. Mae hi'n siŵr o ddysgu ryw ddiwrnod.'

'Dyw Miaren ddim cynddrwg â hynny!' protestiodd Plwmsen.

'Nac ydi?' meddai Basil. 'Wyt ti wedi dweud wrth y ddwy-goes fach beth yw ei llysenwau hi?'

'Pffffttt,' meddai Plwmsen yn anfoesgar, a chlecian ei gwefusau ar Basil. 'Beth yw'r ots am lysenwau Miaren? Dwi ddim yn gweld pam . . .'

'Roced Boced,' meddai Basil, gan droi ei gorff mawr tuag at Plwmsen. 'Ellyll Erchyll, Pants Pigog, y Ciciwr, a fy hoff un i . . .'

'Paid dweud gair!' rhybuddiodd Plwmsen.

'Bwystfil y Buarth,' meddai Basil.

Caeodd Sam ei llygaid wrth i'r iard droi o'i chwmpas.

'Paid â gwrando arno fe! Fe helpwn ni di,' meddai Plwmsen. 'Dyw Miaren ddim cynddrwg â hynny, pan wyt ti'n dod i'w nabod, a galli di –'

Agorodd Sam ei llygaid a gweld Plwmsen yn syllu arni â'i llygaid yn disgleirio.

'Galli di siarad â hi, a deall ei meddwl hi,' sibrydodd Plwmsen. 'Dyw Miaren erioed wedi cael rhywun fel ti ar ei chefn, betia i di!'

'Ond pam fyddai'r ddwy-goes fach eisiau deall be sy ym mhen Miaren?' gofynnodd Basil. 'Ar ôl pum munud yn ei chwmni, bydd hi'n siŵr o gael hunlle.'

'Ca' dy ben, ca' dy ben, *ca' dy ben!*' sgrechiodd Plwmsen. 'Rwyt ti'n difetha 'nghynllun i, y cob mawr twp. A symud o'r ffens!'

Trodd Basil ei ben ac edrych i lawr ei

drwyn hir ar Plwmsen, â gwên fach slei yn ei lygaid. 'Pa ffens? Hon?' meddai'n ddiniwed. Camodd yn nes a gwneud yn siŵr fod ei gysgod yn disgyn dros y Shetland. 'Dwi ddim yn cael sefyll yn agos i *hon?*'

Rhinciodd Plwmsen ei dannedd a gwelodd Sam ei mwng yn crynu mewn tymer. Closiodd Tyrbo a Mici ati'n llawn ffwdan a thrio'i thawelu. 'Paid â chymryd

sylw. Meddylia am bethau hyfryd. Anadla'n dawel, gwena, bydd yn hapus . . .'

Ond doedd Plwmsen ddim yn gwrando. Collodd ei thymer a rhuthro at Basil. Wrth i'r cob godi'i ben, neidiodd a chlecian ei dannedd yn ei wyneb, wedyn trodd mewn hanner cylch a chicio â'i dwy goes ôl, gan sgrechian yn wyllt.

Tra oedd Basil yn chwerthin a phryfocio Plwmsen, a Mici a Tyrbo'n trio tawelu'r ddau, cripiodd Sam i ffwrdd. Roedd Oscar yn iawn. Roedd y Shetlands yn hollol wallgo.

Crwydrodd Sam draw i'r arena awyr agored i wylio rhai o'r merched hŷn yn ymarfer neidio. Ochneidiodd. Roedden nhw'n symud mor rhwydd dros y llawr a thros y clwydi, a'u merlod mor sicr eu traed, ac, ar ben hynny, mor *ufudd*. Disgynnodd cysgod ceffyl drosti a theimlodd law gynnes ar ei hysgwydd.

Syllodd i lygaid Alys, oedd mor wyrdd â'i llygaid hi. Roedd Alys yn gwisgo'i dillad marchogaeth ac yn cydio yn awenau Melfed ag un llaw. Rymblodd Melfed yn serchog a rhwbio Sam â'i thrwyn meddal.

Gwenodd Sam a mwytho wyneb y gaseg. 'Ble est ti ar ôl fy ngwers i?' gofynnodd i Alys.

Crychodd Alys ei thrwyn. 'Do'n i ddim wedi gorffen carthu, a do'n i ddim eisiau i Miss Mwsog feddwl 'mod i'n ddiog. Rhedes i'n ôl i'r iard isaf cyn iddi gyrraedd.'

'O,' meddai Sam. 'Wnest ti . . . wnest ti . . ?' O na, roedd ei bochau'n cochi. 'Wnest ti

ddim rhedeg i ffwrdd achos 'mod i wedi reidio mor wael?'

Giglodd Alys a rhoi plwc i wallt Sam. 'Paid â bod yn sili-bili. Wnest ti ddim reidio'n wych, ond mae Oscar wastad yn boen yn y pen-ôl ar ôl y gwyliau.' Rhoddodd Alys ei throed yn y warthol a neidio'n chwim i'r cyfrwy. Gwenodd yn ddireidus ar Sam. 'Ta beth, dyw pawb ddim mor ffantastig â fi!' Cleciodd ei thafod a gwneud i Melfed gerdded ymlaen.

Gwasgodd Sam ei dyrnau wrth wylio'i chwaer yn marchogaeth rownd yr arena. Roedd y gaseg yn symud mor ysgafn, ei gwddw fel bwa, a'i chyhyrau'n chwyddo o dan ei chôt sgleiniog. Jôcan oedd Alys, wrth gwrs. Roedd Alys yn chwaer fawr garedig a meddylgar oedd wastad yn gofalu amdani. Ond dyna braf petai hi'n gallu gwneud i Alys deimlo'n falch ohoni hi am unwaith.

Cerddodd Sam yn araf at y swyddfa, â golwg ddifrifol iawn ar ei hwyneb. Ar ôl sbecian drwy'r drws gwydr i wneud yn siŵr bod y lle'n wag, aeth at ddesg y dderbynfa a chodi'r clipfwrdd â'r rhestr o enwau'r cystadleuwyr yn Sioe Maes-y-cwm. Roedd rhai o'r disgyblion wedi sgriblan enwau eu ceffylau'n barod. Cododd Sam bensil a'i gnoi'n feddylgar, a syllu ar y bocs gwag yn ymyl ei henw. Yna fe sgriblodd enw merlen i lawr, taflu'r clipfwrdd ar y ddesg a dianc o'r swyddfa cyn i neb ei dal. Roedd hi'n crynu gan ofn, ond yn gwenu'n falch ar yr un pryd.

Wrth i Sam sleifio i ffwrdd rhwng y marchogion a'u ceffylau, roedd y rhestr yn nofio o flaen ei llygaid, ac yn arbennig yr enw roedd hi newydd sgrifennu yn ymyl ei henw hi.

Miaren.

56

Pennod 5

Pan gyrhaeddon nhw'r iard drannoeth, roedd Miss Mwsog yn aros amdanyn nhw. Edrychai ei hwyneb fel tomato aeddfed ar fin sblatian dros bobman.

Wrth ddringo allan o'r car gyda Mam ac Alys, gwelodd Sam hi'n brasgamu tuag atyn nhw a'r clipfwrdd yn ei llaw. Triodd Sam wneud ei hun yn fach, fach a chuddio'r tu ôl i Alys.

'Ife jôc yw hyn?' gofynnodd

Miss Mwsog, a dangos y rhestr i Mam. 'Achos os wyt ti'n trio bod yn ddoniol, Samantha Llwyd, dwi ddim yn chwerthin.'

Gwyliodd Sam ei mam yn edrych yn syn ar y rhestr. Crynodd pan welodd hi'n darllen enw Miaren ac yn gwgu. Edrychodd Mam ar Alys â'i llygaid yn fflachio. 'Ti ddwedodd wrth Sam am wneud hyn?'

'Gwneud be?' gofynnodd Alys. 'Sgen i ddim syniad am beth y'ch chi'n siarad. Wir!'

Heb ddweud gair estynnodd Mam y clipfwrdd i Alys a gwelodd Sam ei chwaer yn darllen ac yn gwgu, yn union fel Mam. Am embaras! Roedd Sam wedi penderfynu bod y busnes Miaren yn syniad gwael. Roedd hi wedi troi a throsi yn ei gwely, a meddwl tybed a allai hi gyrraedd yr iard yn ddigon cynnar i gael gwared o'r enw. Rhy hwyr nawr.

'Sam, ife Clara ddwedodd wrthot ti am ddewis Miaren?' gofynnodd Alys.

'Nage!' gwichiodd Sam. 'Dwi ddim yn dwp.'

'Wyt, rwyt ti *yn* dwp, os dewisest ti'r ferlen *hon*,' meddai Miss Mwsog, a'i llais yn crynu mewn tymer.

Yna'n sydyn gwelodd Sam olwg fach slei'n llithro dros wyneb Miss Mwsog. Roedd hi newydd ddweud rhywbeth anffodus, ac yn gobeithio na fyddai neb arall wedi sylwi. Go brin. Roedd clustiau main gan Mam ac, os oedd rhywbeth yn ei digio, roedd hi wastad yn ymateb – weithiau er cywilydd i Sam. Syllodd Mam yn ffyrnig ar Miss Mwsog, sythodd ei chefn, ac edrych i lawr ei thrwyn. 'Dwi'n awgrymu ein bod ni'n trafod hyn yn y swyddfa, Miss Mwsog, cyn i chi wneud pethau'n waeth.'

59

Gwelwodd Miss Mwsog. Yna fe nodiodd yn gwta a martsio o'u blaenau i'r swyddfa. Anelodd Mam edrychiad llygaid-cul ar Sam cyn troi a'i dilyn. Cripiodd Sam ac Alys wrth ei chwt.

'Yn gynta i gyd, dwi ddim am glywed neb yn galw un o'm merched i'n dwp, dim ots be mae hi wedi'i wneud,' meddai Mam yn oeraidd. Hofranodd Sam yn nerfus wrth

y drws, er mwyn gallu dianc pe bai angen. Taflodd Alys ei hun i'r gadair agosaf a fflician ei gwallt o'i llygaid. 'Dwi'n siŵr fod ganddi reswm da dros ddewis Miaren – neu mae rhywun ar yr iard wedi'i thwyllo.'

Nodiodd Miss Mwsog a throi i rythu ar Sam. 'Wnei di, os gweli di'n dda, egluro i dy fam a fi pam y dewisest ti'r ferlen hon o bob anifail ar yr iard? Ddwedodd rhywun wrthot ti am wneud?'

Meddyliodd Sam am ei sgwrs â Plwmsen y diwrnod cynt. Edrychodd ar Miss Mwsog a Mam, a phenderfynu na fyddai'r un ohonyn nhw'n barod i gredu bod Plwmsen nid yn unig yn siarad, ond hefyd yn greadur cyfrwys tu hwnt a oedd mwy na thebyg â'i bryd ar reoli'r byd.

Cymerodd anadl ddofn. 'Ddim yn hollol,'

atebodd. 'Clywed wnes i fod Miaren yn ferlen ardderchog, ond does neb byth yn ei reidio nawr.'

'Wyt ti'n deall *pam* does neb yn ei reidio?' holodd Miss Mwsog.

'Mm, am ei bod hi ychydig bach yn styfnig ac yn anodd i ddysgwyr ei reidio?' awgrymodd Sam.

'Ychydig bach yn styfnig?' ffrwydrodd Miss Mwsog. '*Ychydig bach yn rhy styfnig i ddysgwyr?*' Trodd yn ôl at Mam. 'All hi ddim reidio'r anifail. Mae'n amhosib.'

Estynnodd Mam am ei menig lledr a syllu'n feddylgar ar Sam. Agorodd Sam ei llygaid led y pen a syllu'n ôl arni, gan ddymuno â'i holl galon y byddai Mam yn ei chefnogi, ac yn credu ynddi, fel roedd hi bob amser yn credu yn Alys.

'Falle nad yw e'n amhosib, Miss Mwsog,' meddai Mam. 'Mae Sam yn iawn. Mae Miaren yn styfnig, ond mae'n bosib ei marchogaeth, ac mae fy nwy ferch i wedi arfer â cheffylau.'

'Allai Clara Jones mo'i marchogaeth . . .' meddai Miss Mwsog.

'Na, ond fe allai Alys,' meddai Mam ar ei thraws. Ochneidiodd Sam yn dawel bach. Os oedd Alys yn *gallu* reidio Miaren, yna byddai'n *rhaid* iddi hi, neu farw o gywilydd. Doedd Plwmsen ddim wedi sôn gair am Alys. Dychmygodd Sam hi'n giglan fel ffŵl yn y sgubor.

'Dyw rhai merlod ddim yn siwtio pawb,' ychwanegodd Mam. 'Dyw'r ffaith fod Clara Jones yn methu reidio Miaren ddim yn golygu bod Sam yn mynd i fethu. Os yw hi'n meddwl ei bod hi'n gallu gwneud, mae gen i bob ffydd yn fy merch.'

Edrychodd Mam arni. Roedd ei hwyneb yn hollol lonydd, ond deallodd Sam ei bod hi'n gofyn: *Wyt ti'n meddwl y galli di reidio Miaren? Oes gen ti ffydd ynot ti dy hun?*

Llyncodd Sam. Diolch byth nad oedd Mam wedi gofyn iddi go iawn.

'Bydd raid iddi gael sawl gwers os yw hi am feistroli'r gaseg 'na cyn y sioe,' meddai Miss Mwsog. Roedd hi bron iawn yn gwenu wrth feddwl am gael mwy o arian gan Mam, meddyliodd Sam.

'Wrth gwrs,' meddai Mam. 'Ond dyw Miaren ddim yn cael ei marchogaeth yn y gwersi ar hyn o bryd, felly fe all Sam ei reidio pryd bynnag mae hi eisiau rhwng nawr a'r sioe. Dwi'n deall bod Miaren ar werth hefyd.

Os gall Sam ddangos ei bod hi'n ferlen dda, bydd ei phris yn codi.'

Am foment syllodd Miss Mwsog ar Mam â llygaid main, ac yna fe nodiodd.

'Well iddi ddechrau nawr 'te,' meddai Miss Mwsog. Cerddodd at y drws yn ei ffordd herciog, flin, a'i blycio ar agor. Doedd hi ddim yn edrych mor siŵr ohoni'i hunan chwaith. 'Jên!' gwaeddodd. Wrth i Jên frysio tuag ati a'i gwallt brown yn dianc o'i gynffon, nodiodd Miss Mwsog yn swta i gyfeiriad Sam. 'Mae Samantha Llwyd wedi penderfynu marchogaeth Miaren yn y Sioe Haf. Cyflwyna'r ferlen iddi a rho wers i'r ddwy.'

A dyna ni. Rhyfel drosodd. Stelciodd Miss Mwsog i ffwrdd a gadael Jên yn syllu'n gegagored ar Sam.

'Sam fach,' meddai Jên. 'Wyt ti wedi troi'n ddewr dros nos?'

Lapiodd Mam ei breichiau am ysgwyddau main Sam. 'Ydw, mae'n debyg,' meddai, a gwenu arni. Aroglodd Sam y cymysgedd hyfryd o geffyl a pholish lledr ar ddillad marchogaeth Mam, a phersawr siocledaidd

y menyn coco ar ei chroen. Roedd hi eisiau cyfaddef yn y fan a'r lle: doedd hi ddim eisiau reidio Miaren. Weithiau doedd hi ddim eisiau reidio o gwbl, a fyddai hi byth, byth, yn debyg i Alys.

'Os wyt ti am newid dy feddwl a dewis merlen arall, Sam, popeth yn iawn,' meddai Mam, a gwên annwyl yn crychu corneli'i llygaid. ''Sdim eisiau i ti deimlo cywilydd.'

Agorodd Sam ei cheg i ddweud rhywbeth, ac yna dros ysgwydd Mam fe welodd Alys yn edrych arni â'r un wên annwyl yn ei llygaid. Caeodd ei gwefusau'n glep ac ysgwyd ei phen.

Edrychodd Mam yn ofidus am foment, ac yna rhoi hwb fach ysgafn iddi. 'Ffwrdd â ti 'te. Bydd yn ferch dda . . .'

'. . . gweithia'n galed, mwynha dy hun,' meddai Sam, a gorffen y frawddeg roedd

Mam yn ei dweud wrthi bob bore ysgol. Gwenodd ar Mam ac Alys a throi i ddilyn Jên.

Chwibanodd Jên yn llon a gweiddi helô ar berchnogion y ceffylau a'r gweithwyr, wrth anelu am y sgwâr bach o stablau lle roedd Miss Mwsog yn cadw'i cheffylau'i hun a'r anifeiliaid oedd yn sâl neu ar werth. Roedd hi'n dawel a heddychlon yn yr iard isaf, a dim ond ffefrynnau Miss Mwsog oedd yn cael mynd yno i ofalu am yr anifeiliaid. Un o'r rheiny oedd Clara Jones.

'Ydy Miaren cynddrwg â hynny?' holodd Sam.

'Mae'n dibynnu,' meddai Jên. 'Naill ai rwyt ti'n ei hoffi, neu dwyt ti ddim. Dw *i'n* dod i ben â Miaren yn iawn.'

Roedd pob stabl ar yr iard isaf yn wynebu

tuag i mewn, ac roedd hanner to uwch ei phen. Dilynodd Sam Jên drwy ddrws agored.

Roedd yr iard isaf yn dawel a chysgodol, yn wahanol iawn i'r iard dop a'r sguboriau. Roedd y rheiny'n llawn sŵn a bwrlwm, wrth i geffylau'r ysgol, y dysgwyr a'r helpwyr frysio o le i le. Yma roedd hi'n llonydd a'r haul yn wincian ar gerrig y llawr. Weithiau byddai sŵn snwffiad bach i'w glywed, a sŵn cnoi o'r stablau lle roedd ceffylau sgleiniog Miss Mwsog yn pendwmpian. Gwingodd Sam pan glywodd hi glec esgidiau Jên yn atsain ar y cerrig. Roedd Jên yn anelu at stabl yn y gornel bellaf heb enw ar ei drws. 'Dere i ddweud helô,' meddai.

Cripiodd Sam yn nerfus at y drws. Pwysodd ei bysedd oer ar y pren garw a'i deimlo'n brathu'i chroen. Roedd y stabl yn dywyll, a'r hanner to'n ei chysgodi rhag yr haul. Sbeciodd i mewn a meddwl am funud bod y stabl yn wag a Jên yn chwarae tric arni. Yna fe symudodd cysgod tywyll ger y wal gefn, ac fe welodd Sam fflach wen wrth i'r ferlen rolio'i llygad tuag ati.

Roedd hi'n anodd gweld go iawn ond sylwodd Sam ar ferlen fach bert â chefn byr, cryf, coesau main, gwddw fel bwa, a phen hardd. Roedd ei chôt yn ddu fel y frân, a'i mwng a'i chynffon yn dew fel llwyn. Estynnodd Sam ei llaw a chlecian ei thafod ar y gaseg. 'Dere 'ma i fi gael dy weld di,' sibrydodd.

Sgrechiodd Sam wrth i'r ferlen dasgu tuag ati a dangos ei dannedd. Neidiodd yn ôl mor gyflym nes colli'i balans, disgyn yn galed a chleisio'i phen-ôl. Chwarddodd Jên wrth i'r

ferlen dynnu wynebau cas ar Sam dros ddrws y stabl, clecian ei dannedd a gwneud llygaid main. Crafodd y tu ôl i glust y ferlen fach ffyrnig.

'Fel dwedes i.' Gwenodd Jên. 'Marmite.'

Pennod 6

A r ôl stryffaglu am ddeg munud i berswadio Miaren i aros yn llonydd, tra oedd hi'n cael ei brwsio a'i chyfrwyo, a pheidio trio cnoi a chicio, penderfynodd Sam na ddylai fod wedi gwrando ar Plwmsen, y Shetland hunanol, ddialgar.

Chafodd Sam ddim cyfle i siarad â Miaren am fod Jên yn sefyll uwch ei phen drwy'r amser, yn ei dysgu sut i roi'r ffrwyn dros ben Miaren, llywio'r enfa rhwng ei dannedd peryglus, symud y cyfrwy dros ei chefn, a chau'r gengl heb i'r ferlen ei chicio. Trio helpu oedd Jên, ond roedd Sam eisiau cyfle

i siarad â Miaren a'i thawelu cyn iddi gael niwed.

O'r diwedd roedd Miaren wedi'i harneisio ac yn barod am ei gwers. Roedd y ferlen fach mor ffyrnig, teimlodd Sam y diferion olaf o hyder yn dianc drwy wadnau'i thraed. Roedd meddwl am reidio Miaren yn gwneud iddi deimlo'n swp sâl. Os oedd hi mor wyllt nawr, beth ddigwyddai pan fyddai Sam yn dringo ar ei chefn? Crynai ei bysedd wrth iddi wasgu strapiau'r ffrwyn drwy'r dolenni bach lledr oedd yn eu cadw rhag fflapian.

'Barod?' gofynnodd Jên.

Nac ydw, meddyliodd Sam. Ond, gan deimlo mor swrth â robot, fe gydiodd yn awenau Miaren a thrio'i harwain i'r awyr agored.

Roedd hi wedi dysgu gan Mam i beidio byth â tharo merlen na cholli'i thymer, ond roedd Miaren yn bihafio fel ffŵl a Sam yn teimlo fel rhoi slap iddi. Roedd hi'n ei thynnu ar draws yr iard, yn sboncio ar ei charnau bach glas, a snwffian a phrancio. Pan gaeodd drws car â chlep, neidiodd Miaren, troi mewn cylch a llusgo Sam ar ei hôl. Wrth dynnu ar yr awenau ac ymladd i gael y ferlen i gerdded yn dawel yn ei hymyl, teimlai Sam fel petai'i braich yn cael ei llusgo'n ara' bach o'i soced.

'Yn dyw hi'n greadur dwl?' snwffiodd Jên, wrth i Miaren ddawnsio a sboncio. 'Dim ots. Fe dawelith hi ar ôl i chi ddechrau ymarfer. Does neb wedi'i reidio am bron chwe mis, cofia. 'Sdim rhyfedd ei bod hi braidd yn ffres.'

'Pa mor ffres?' gwichiodd Sam, gan gochi a phwffian wrth i Miaren droi unwaith eto.

Chwarddodd Jên, cydio yn ochr arall yr awenau a helpu Sam i dawelu'r ferlen snwfflyd. 'Digon ffres i roi reid gyffrous i ti. Ond paid ti gwneud llygaid mawr arna i – fyddwn i ddim yn dy roi di ar ei chefn, oni bai 'mod i'n meddwl bod gen ti siawns o glicio. Mae hon yn ferlen fach dda, os dewch chi i ddeall eich gilydd.'

Fel y gwnaeth Alys, meddyliodd Sam yn ddiflas, wrth i Miaren eu llusgo heibio'r sgubor. Safai Plwmsen ger y gât a'i llygaid brown yn disgleirio. Dim ond ysgwyd ei wyneb hir wnaeth Basil a dal ati i gnoi gwair.

Fe lwyddon nhw i gael Miaren i ganol yr ysgol, ac fe safodd yno'n ddigon tawel gan edrych o'i chwmpas yn amheus.

'Chwarae teg iddi!' meddai Jên. 'Mae hi siŵr o fod wedi anghofio beth yw ysgol.'

Daliodd Jên yn dynn ym Miaren, tra oedd Sam yn rhoi'i throed yn y warthol ac yn llusgo'i hun i fyny. Glaniodd yn drwsgl yn y cyfrwy, ac ysgydwodd Miaren ei phen yn ddiamynedd a chlecian ei dannedd. Drwy lwc roedd hi'n dal yn gynnar, ac roedd pawb mor brysur yn carthu ac yn rhoi brecwast i'r ceffylau, fel nad oedd ganddyn nhw ddim amser i ddod i lawr i'r arena i wylio'r wers.

Ar y dechrau roedd Miaren braidd yn ddifywyd. Roedd hi'n

anodd ei chael hi i drotian, a theimlai Sam fel neidio i lawr, a'i gwthio fel hen gar sy'n gwrthod dechrau. Ond wrth i Jên weiddi cyfarwyddiadau ac i Sam ddechrau teimlo ychydig yn fwy hyderus, dechreuodd Miaren snwffian a loncian o amgylch yr arena. Bob tro roedd car yn mynd heibio, roedd hi'n neidio mewn braw, yn plygu'i chorff i drio dianc o wal yr arena a thynnu'r awenau o law Sam. Roedd bol Sam yn corddi. Dechreuodd lithro yn y cyfrwy ac fe wnaeth hynny iddi banicio'n waeth.

Clywodd lais Mam yn dweud: *Balans sy'n bwysig, nid cydio'n dynn. Os yw'r balans yn iawn, byddi di'n sticio fel glud i ganol y cyfrwy.*

Ond roedd corff Sam yn tynhau, ac yn pwyso tuag ymlaen. Triodd beidio cyrlio yn y cyfrwy, achos byddai hynny'n effeithio ar ei balans ac yn ei gwneud hi'n haws iddi gwympo. Roedd hi'n cydio mor dynn yn yr awenau, nes bod esgyrn ei dwylo'n troi'n wyn. Dechreuodd bysedd ei thraed symud tuag i lawr, ac fe lithrodd y gwartholion i gefn ei sawdl yn lle pwyso ar belen ei throed. Doedd hi ddim yn marchogaeth go iawn erbyn hyn. Cael ei chario gan y ferlen oedd hi, a thrio gafael yn dynn wrth i bethau waethygu.

Yn anffodus roedd hi'n siŵr fod Miaren yn deall hynny.

'Eistedd lan, Sam, ysgwyddau'n ôl, bysedd traed i fyny!' galwodd Jên. Anadlodd Sam yn ddwfn i drio tawelu'i nerfau a gorfodi'i chorff i ymlacio.

'Ar y gornel nesa dwi am i ti eistedd lan, pwyso'n ôl dipyn bach, suddo'n ddwfn i'r cyfrwy a gofyn iddi ogarlamu,' meddai Jên.

Roedd Miaren yn loncian yn rhy gyflym, a'r gornel yn rhuthro tuag at Sam.

'Alla i ddim!' gwichiodd.

'Galli, siŵr!' meddai Jên. 'Rwyt ti wedi gwneud hyn ddegau o weithiau. Byddi di'n iawn.'

'Bydd hi'n gwylltu!' meddai Sam. Roedd Miaren yn tynhau oddi tani, ac yn teimlo'n debycach i fom ar fin ffrwydro nag i ferlen.

'Bydd hi'n iawn,' meddai Jên. 'Eistedd yn ddwfn yn y cyfrwy, gwna dy hun yn gyffyrddus, a reidia hi 'mlaen yn hyderus. Dyw hi ddim wedi gwneud hyn ers tro, ond mae hi'n deall yn iawn.'

Ond roedd Sam wedi dychryn, ac yn teimlo bod Miaren yn rhuthro rownd y gornel yn lle trotian.

'Iawn, dwi am i ti feddwl yn bositif ac ar y gornel nesa dwi am i ti eistedd lan a chicio 'mlaen,' meddai Jên.

'Alla i ddim!' llefodd Sam.

'Galli, siŵr,' meddai Jên. 'Rhaid i ti gredu yn dy hun.'

Rhuthrodd y gornel nesaf ati fel bwgan ac yna diflannu wrth i Miaren drotian yn ei blaen.

'Ocê, y gornel nesa. Dwyt ti ddim yn mynd

i fethu'r tro hwn,' meddai Jên. 'Meddylia be wyt ti am i Miaren wneud, gofyn iddi'n glir ac yn groch, ac yna reidia hi fel taset ti wedi'i dwyn!'

Wrth i'r gornel nesaf ruthro tuag atyn nhw, anadlodd Sam yn ddwfn, eistedd i lawr yn y cyfrwy a gofyn iddi ogarlamu.

Yn ysgafn-droed cyflymodd Miaren, ond braidd yn rhy sydyn i Sam. Heb feddwl, tynnodd Sam yr awenau drwy'i dwylo er mwyn gafael yn dynnach, gwasgu â'i choesau, a gofyn am hanner-stop. Roedd hi wrth ei bodd pan ufuddhaodd y gaseg fach ddu. Fe wnaethon nhw ogarlamu'n rhwydd o amgylch yr arena, Miaren â'i gwddw'n grwm ac mor bert â cheffyl mewn stori dylwyth teg, a Jên yn gweiddi'n galonnog. Roedd hi'n braf reidio Miaren. Roedd hi'n gyflym, yn gryf, ac yn ymateb ar unwaith i symudiad yr awenau. Dechreuodd Sam wenu o glust i glust, wrth ogarlamu ar hyd wal hir yr arena. Chwech wythnos arall ac fe fydden nhw'n sêr y Sioe, a phawb yn cyfaddef ei bod hi'n farchog da, cystal ag Alys, a gwell na Clara!

Ac yna fe aeth popeth o chwith.

Roedd Miaren yn trio arafu wrth fynd heibio'r gât, ond gwasgodd Sam ei hochrau â'i choesau i wneud iddi fynd yn gynt. Ar unwaith fe glodd Miaren ei choesau, a sgidio i stop gan adael rhigol hir yn y sglodion pren ar lawr yr arena. Taflwyd Sam dros ei hysgwydd mor sydyn nes iddi droi tin dros ben a disgyn ar ei chefn am yr eilwaith mewn wythnos.

Lledodd poen drwy'i chefn a'i phenglog. Diolch byth fod Mam yn mynnu ei bod

hi'n gwisgo siaced amddiffyn yn ogystal â het galed bob tro roedd hi'n mynd ar gefn ceffyl. Cerddodd Miaren draw. Syllodd i'w hwyneb, ysgwyd ei mwng a throtian at y gât. Dychmygodd Sam glywed chwerthiniad bach cas.

Daeth Jên draw i'w helpu i godi, a brwsio'r
llwch oddi arni. Pesychodd Sam sglodyn
bach pren o'i gwddw.

'Dyna i ti Sgid-stop enwog Miaren,'
meddai Jên. 'Os wyt ti'n pwyso'n ôl,
wnei di ddim cwympo, ond y gamp yw ei

chadw'n brysur a pheidio rhoi cyfle iddi chwarae triciau arnat ti. Fe weithiwn ni ar hynna'r tro nesa.'

'O grêt,' meddai Sam mewn llais gwan. 'Alla i ddim aros.'

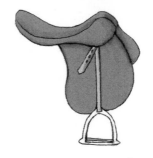

Pennod 7

Roedd gan Miaren bob math o driciau slei, sylweddolodd Sam. Yn ogystal â'r Sgid-stop byd-enwog, roedd hi'n gwneud tric Cyllell Boced, sef neidio yn ei blaen a phlygu'i chorff yn ei hanner, a'r Stop-top, lle roedd hi'n brecio'n galed a throi i'r dde â'i hysgwydd tuag i lawr, a'r Chwirligwgan, lle roedd hi'n carlamu'n wyllt rownd yr arena, a Sam yn gafael yn dynn yn ei gwddw.

Roedd Sam a Miaren yn cael dwy wers yr wythnos gan Jên. Hefyd, yn dawel bach, roedd Sam yn mynd â Miaren i'r arena awyr agored mor aml â phosib er mwyn cael ymarfer ar ei phen ei hun. Roedd hi'n gwella – o leiaf doedd hi ddim yn cwympo mor aml. Ond roedd Miaren yn dal i wrthod gwrando.

Yn waeth fyth, doedd hi ddim yn siarad â Sam. Roedd Sam yn siarad â'r gaseg bob cyfle gâi hi, yn sibrwd yn ei chlust wrth ei brwsio a rhoi'r harnais arni, ac yn yr arena wrth reidio. Ond er i Miaren fflician clust tuag ati ac weithiau godi'i phen i wrando â'i llygaid bach du'n disgleirio, ddwedodd hi'r un gair.

Erbyn hyn roedd yr iard i gyd wedi clywed fod Sam am farchogaeth Miaren yn y Sioe Haf. Felly, bob tro roedd hi'n arwain Miaren o'i stabl, a'i harnais yn tincian, roedd yna gynulleidfa'n disgwyl amdani wrth wal yr arena. Roedd bysedd Sam yn troi'n dew ac yn lletchwith pan oedd pobl yn ei gwylio.

Wrth gwrs roedd Clara Jones a'i ffrindiau erchyll yn mwynhau gwneud hwyl am ben Sam a'i ffordd o farchogaeth. Os oedd Alys o gwmpas, wnaen nhw ddim mentro, ond weddill yr amser roedd Sam yn gorfod dioddef eu hen bryfocio bach cas. Gan mai sibrwd oedd y merched, doedd yr oedolion byth yn clywed gair. Roedd rhai o'r merched eraill yn trio helpu drwy ddweud wrthi sut i reidio Miaren, ond araf iawn, iawn oedd pethau'n gwella. Bedair wythnos cyn y Sioe Haf doedd Sam ddim yn teimlo damaid gwell nag oedd hi'r diwrnod cyntaf hwnnw.

'Pam ar y ddaear wnest ti ddewis Miaren?' gofynnodd Alys un diwrnod, wedi i Sam gwympo eto wrth ogarlamu.

'Achos dwi am fod yn farchog da,' pwffiodd Sam, tra oedd hi ac Alys yn cwrso Miaren rownd yr arena.

'Ond rwyt ti *yn* farchog da,' meddai Alys.

'Wyt ti'n dweud y gwir?' gofynnodd Sam.

'Wrth gwrs 'mod i, y mwnci bach!' chwarddodd Alys, a chydio yn awenau Miaren a'i stopio'n stond. 'Mae Mam yn cytuno. Ond mae'n rhaid i ti gredu dy fod ti'n farchog da, a pheidio beio dy hun drwy'r amser.'

'Ond dwi'n cael ofn,' meddai Sam mewn llais bach. 'Wedyn mae popeth yn mynd o chwith. Dwi'n plygu 'mlaen, yn stopio canolbwyntio, ac yn cwympo.'

'Mae pawb yn cael ofn weithiau,' meddai Alys, gan roi plwc bach i wallt Sam a gwenu'n garedig. 'Mae pawb yn cael ofn, hyd yn oed yr enwog Miss Mwsog. Mae'n ddiflas pan fydd pethau'n mynd o chwith. Ond mae'n rhaid i ti drystio dy hunan a thrystio dy ferlen, a dysgu dal ati er gwaetha'r ofn. Cofia eiriau Mam. *Os wyt ti mewn strach . . .*'

'. . . cicia 'mlaen,' meddai Sam â gwên fawr. Chwarddodd Alys.

'Ond pam yn y byd ddewisest ti Miaren?' gofynnodd Alys. 'Mae hi'n hunlle ar y gorau. Alla i ddim cofio sawl gwaith mae hi wedi 'nhaflu i.'

'Ti? Wir?' meddai Sam. Allai hi ddim credu bod ei chwaer fawr ffantastig wedi cael problem o unrhyw fath.

'Sam, mae Miaren yn taflu *pawb*!' chwarddodd Alys. 'Roedd Clara'n gwrthod ei reidio, achos bod Miaren yn gwneud ffŵl ohoni. Mae Miaren yn waith caled, a dwi'n dy weld ti'n chwysu a phwffian ac yn wyn fel y galchen wrth drio'i rheoli a gwneud iddi symud yn dwt. Pam wyt ti'n dal ati?'

Meddyliodd Sam am foment. Meddyliodd am Clara Jones, y Sioe, Alys, a'r holl resymau pam oedd hi'n dal ati i reidio Miaren ddydd ar ôl dydd. Yna fe gofiodd hi'r *union reswm* pam oedd hi'n dal i ddringo'n ôl ar gefn Miaren ar ôl pob cwymp. Gwenodd.

'Pan dwi ar gefn merlod yr ysgol, dwi'n teimlo'n ddiogel,' meddai. 'Ond maen nhw'n araf i ymateb, ac yn teimlo braidd yn *boring*. Pan dwi ar gefn Miaren, a phopeth yn mynd yn iawn, mae hi mor gyflym a sionc. Mae fel petai 'nghoesau'n toddi i'w hochrau, a'r ddwy ohonon ni'n troi ac yn symud gyda'n gilydd. Mae fel . . . fel . . .'

'Fel hedfan,' meddai Alys yn freuddwydiol a mwytho gwddw Miaren. 'Mae fel hedfan.' Gwenodd ar Sam. 'Dwi'n cofio nawr. Wel, gwell i ti fynd yn ôl ar ei chefn a bwrw 'mlaen, os wyt ti am fod yn barod ar gyfer y Sioe.'

Ochneidiodd Sam a chydio yn yr awenau.

Ond un prynhawn poeth yn yr haf, dair wythnos cyn y sioe, ar ôl i Miaren ei thaflu ar lawr yr arena unwaith eto, roedd Sam yn dechrau amau a fyddai hi byth yn hedfan. Yn boenus, wedi blino, ac yn gleisiau drosti i gyd, fe arweiniodd hi Miaren i'w stabl, cloi'r drws a hercian ar draws yr iard isaf, â dagrau yn ei llygaid. Roedd yr iard yn cysgu dan garthen o wres. Yn y stablau roedd y ceffylau'n pendwmpian trwyn ar frest, ac roedd pob person sbâr wedi chwilio am rywle cysgodol a thawel, ymhell o'r haul.

Ar ôl disgyn yn drwm ar sglodion pren yr arena, roedd ysgwydd Sam yn brifo. Llusgodd ei thraed drwy'r iard gysglyd a chyrraedd stabl Melfed. Roedd hi'n gysgodol a thywyll, a gronynnau llwch yn dawnsio yn y pelydrau haul oedd yn disgyn drwy'r tyllau yn y to sinc.

Roedd arogl gwellt glân yn goglais trwyn Sam a'r unig sŵn oedd sgrwmff dannedd Melfed yn cnoi gwair, a chwipiad ei chynffon wrth iddi fflician pryfyn oddi ar ei chefn.

Agorodd Sam follt y drws a sleifio i mewn i'r stabl. Pwysodd ei phen ar ysgwydd Melfed a syllu i'w hwyneb, ond dim ond fflician ei chlustiau tuag ati wnaeth y gaseg fawr a dal ati i fwyta.

'Dwi'n dda i ddim,' sibrydodd. 'Dwi wedi blino, dwi'n boenus, ac yn waeth na dim, mae ofn arna i. Mae'r ferlen yn hollol bananas. Alla i mo'i reidio yn y Sioe.' Dechreuodd dagrau poeth lithro i lawr ei hwyneb. 'Ti yw'r unig un sy'n gwneud i fi deimlo'n ddiogel a dwyt ti byth yn siarad â fi! Dwyt ti byth yn dweud gair a dyw hynny ddim yn deg!'

Stopiodd Melfed gnoi a swingio'i phen

tuag at Sam. 'Ond ti'n gwybod 'mod i'n dy garu di?' meddai mewn llais melys, tyner.

Teimlodd Sam lwmp yn ei gwddw. 'Ydw,' sibrydodd.

'Wel, 'sdim angen dweud mwy, oes e?' meddai Melfed.

Camodd Sam tuag at Melfed a sefyll o dan ei gên. Plygodd y gaseg ei phen a sniffian pob modfedd o'i hwyneb, yn union fel roedd hi wedi gwneud er pan oedd Sam yn fach. Sgubodd blew ei cheg fel plu dros groen Sam. Agorodd Melfed ei ffroenau led y pen i'w harogli, a'r arogl gwellt ar ei hanadl yn golchi'n felys dros wyneb Sam. Yna fe blygodd ei phen a thynnu Sam tuag ati. Daliodd hi yno'n dynn a'r dagrau'n llifo dros ei chroen sidan.

Yn nes ymlaen aeth Sam draw i'r sgubor i roi tro am y Shetlands. Roedd Plwmsen yn cysgu ar ei thraed, ond agorodd ei llygaid a chrwydro draw. Gorweddai Tyrbo a Mici yn eu hyd ar y gwellt, yn chwyrnu'n dawel.

'Dyw pethau ddim yn dda,' sibrydodd Sam.

'Galla i weld hynny,' snwffiodd Plwmsen drwy'i ffroenau mawr. 'Os llynci di ragor o sglodion pren, bydd Mwsog yn gofyn i ti dalu am lawr newydd i'r arena. Siapia hi – dim ond tair wythnos sy ar ôl!'

'Dwi'n gwybod!' meddai Sam. 'Ond dyw hi ddim yn hawdd. Mae Miaren yn pallu siarad â fi.' Daeth syniad annifyr i'w phen. 'Ydy Miaren yn gallu siarad?'

'Wrth gwrs ei bod hi!' chwyrnodd Plwmsen. 'Paid ti â thrio dweud nad yw anifeiliaid yn

98

gallu siarad. Dwli yw hynna. Dwi wedi clywed
Miaren yn siarad ddigonedd o weithiau. Mae
hi'n ddigon cegog.'

'Ond dyw hi byth yn dweud gair wrtha i!'
meddai Sam.

'Ti sy ddim yn siarad â hi'n iawn,' meddai
Plwmsen.

'Be?'

'Nefi biws! Rwyt ti'n ddwy-goes fach
hanner call a thwp fel llo,' chwyrnodd Plwmsen.
'Dy'n ni ddim yn debyg i chi. Dy'n ni byth
yn malu awyr, dim ond siarad pan fydd gyda
ni rywbeth pwysig i'w ddweud. Pan wyt ti'n
siarad â Miaren, siarad rwtsh wyt ti mwy na
thebyg. Dyna pam dyw hi ddim yn ateb. Dyw
hi ddim yn gwrando chwaith, betia i ti.'

'Wel, be alla i ddweud?' gofynnodd Sam.

'Pam wyt ti'n gofyn i fi? *Ti* yw'r un glyfar

sy â bysedd bawd ac yn gallu cydio mewn tŵls. Meddylia di am rywbeth, y clown dwl!'

'O! Rwyt ti mor anfoesgar!'

'Gwell bod yn anfoesgar nag yn dwp,' meddai Plwmsen. 'Ar ôl treulio'r holl amser yng nghwmni Bwystfil y Buarth, dwyt ti'n deall dim. Beth wyt ti'n ei ddweud wrthi?'

'Dweud be dwi wedi'i wneud drwy'r dydd, a dweud 'mod i'n ei hoffi hi, a'i bod hi'n

bert . . .' Tawodd Sam mewn embaras. Roedd Plwmsen wedi codi'i phen ac yn chwerthin dros y lle.

'Wyt ti'n trio'i chael hi i dy *hoffi* di?' gwichiodd Plwmsen. 'Wyt ti'n mynd i blethu rhubanau ciwt yn ei mwng a bod yn ffwindiau gowau?'

'Iawn, Miss Ceffyl Blaen,' hisiodd Sam a'i bochau'n goch fel tân. Roedd Plwmsen yn giglan nes ei bod hi'n wan. 'Os wyt ti am ddial ar Clara, gwell i ti ddweud hanes Miaren wrtha i.'

Meddyliodd Plwmsen am foment a chodi'i hysgwyddau. 'Dim lot i'w ddweud. Mae'n eich casáu chi. Mae plant yn ei gwneud hi'n benwan, felly 'sdim pwynt gofyn iddi fod yn garedig. Mae hi eisiau tynnu cerbyd unwaith eto. A dyna'r cyfan.'

'Pryd oedd Miaren yn arfer tynnu cerbyd?'

'Www, flynyddoedd yn ôl cyn dod i Faes-y-cwm. Roedd y ddwy-goes oedd piau hi'n hen, a byddai'r ddau'n cystadlu â'i gilydd, Miaren yn tynnu cerbyd bach del a'r ddwy-goes yn eistedd ynddo â'i drwyn yn yr awyr. Roedd hi wastad yn brolio am yr holl rubanau enillodd hi, a'r cwpan, bla, bla, bla, bla . . .'

'Oedd hi wir?' meddai Sam, a syniad yn goleuo yn ei phen. 'Plwmsen, pa mor dda wyt ti am actio?'

Pennod 8

Doedd Miaren ddim eisiau siarad, fel arfer. Cyn gynted ag y gwelodd hi wyneb Sam dros ddrws y stabl, fe drodd ei phen tuag at y wal, a'i phen-ôl braidd yn fawr tuag at Sam. Gwenodd Sam, a chuddio'r wên yn sydyn, wrth i Miaren edrych dros ei hysgwydd.

'Paid â phoeni, Miaren. Dwi ddim yn mynd i drio siarad â ti byth eto,' meddai'n dawel. 'Dwyt ti ddim yn fy hoffi, felly does dim pwynt i fi dy reidio di yn y Sioe. Mae'n ormod o ffwdan a does gen ti ddim diddordeb.' Pan drodd Miaren tuag ati a fflician ei chlustiau ymlaen, dechreuodd Sam gerdded i ffwrdd. 'Fe ddilyna i gyngor Plwmsen a dewis un o'r merlod mwy ffansi. Dwedodd hi na fyddet ti byth yn gallu cystadlu eto.'

'*Be* ddwedodd Plwmsen?' hisiodd llais cras o'r tu ôl iddi. Gwenodd Sam yn slei a throi'n araf tuag at ddrws y stabl. Roedd pen Miaren yn hongian dros ddrws y stabl, ei llygaid yn fain ac yn ffyrnig a'i chlustiau'n gorwedd yn fflat ar ei phen.

'O, ti'n gallu siarad 'te,' meddai Sam.

'Beth. Ddwedodd. Plwmsen?' gofynnodd Miaren, a phoeri pob gair rhwng crensian ei dannedd.

'Wel, dwi ddim eisiau achosi helynt . . .'

'DWED WRTHA I!' gweryrodd Miaren.

'OCÊ, OCÊ!' meddai Sam. 'Ddwedodd hi dy fod ti heb gystadlu ers oesoedd. Rwyt ti wedi colli diddordeb, felly does gen ti ddim gobaith cystadlu yn erbyn y merlod gorau ac ennill. Ac os ydw i am reidio'n dda yn y Sioe, rhaid i fi ddewis merlen arall.'

'Fyddai sach datws fel ti ddim yn gallu reidio'n dda ar unrhyw ferlen,' chwyrnodd Miaren.

Cododd Sam ei hysgwyddau. 'Dim ots. Dwi'n mynd i ddilyn cyngor Plwmsen a dewis merlen arall. Felly 'sdim rhaid i ti boeni.'

'Y Shetland gegog, ddigywilydd,' rhuodd Miaren. 'Gad fi allan, ddwy-goes!'

'Pam?'

'Gad fi allan, rho raff dywys arna i a cher â fi i'r sgubor! Alla i ddim mynd yno ar fy mhen fy hun, achos byddan nhw'n meddwl 'mod i'n dianc. Dwi eisiau gair â'r tipyn corrach 'na,' meddai Miaren.

Clipiodd Sam raff dywys ar ffrwyn Miaren ac agor drws y stabl. Bu bron i'w hysgwydd boenus gael ei thynnu o'i soced wrth i Miaren fartsio allan o'r stabl a'i llusgo ar draws yr iard. Edrychodd y reidwyr a'r

gweithwyr yn syn ar Sam yn stryffaglu i drio dal Miaren ac esgus mai hi oedd yn tywys. Chymerodd Miaren ddim tamaid o sylw ohoni. Roedd hi'n rhy brysur yn cwyno dan ei gwynt.

Safodd yn stond o flaen gât Plwmsen a syllu arni'n gas. Hanner caeodd Plwmsen ei llygaid ac edrych yn bôrd.

'Dere 'ma – y bwbach boliog, trwyn-hipo!' chwyrnodd Miaren. Roedd Tyrbo'n cysgu ar y gwellt. Gwelodd Sam e'n agor un llygad ac yna'n ei chau'n gyflym. Ond fe gododd un glust a'i throi i gyfeiriad Miaren.

'Be sy'n bod nawr?' gofynnodd Plwmsen yn gysglyd.

'Ti'n gwybod yn iawn be sy'n bod!' sgrechiodd Miaren. 'Pam ddwedest ti wrth y ddwy-goes sach-datws 'mod i'n dda i ddim am gystadlu?'

Cododd Plwmsen ei hysgwyddau. 'Wel, mae'n wir, yn dyw e?' meddai.

'Na, dyw e blwmin ddim yn wir!' ffrwydrodd Miaren. 'Pwy wyt ti'n feddwl wyt ti? Pryd wnest ti gystadlu ddiwetha? Dwyt ti erioed wedi gadael yr iard. Tra wyt ti'n gwarchod plant bach, dwi wedi bod yn cystadlu mewn sioeau lleol a chenedlaethol, wedi ennill gwobrau ym mhob cystadleuaeth, wedi ennill cwpanau . . .'

'Bla, bla, bla, bla, BLA!' meddai Plwmsen. 'Roeddet ti'n arfer cystadlu, Miss Snobi-snob, Miss Dwi'n-well-na-llond-iard-o-geffylau, ond dwyt ti ddim yn cystadlu nawr, wyt ti? Dwyt ti ddim yn seren bellach. Dwyt ti'n dda i ddim. Dwi ddim wedi teithio'r byd fel ti, ond o leia dwi'n ddigon clyfar i gario plant ar 'y nghefn. Ond dwyt *ti* ddim, wyt ti, Madam Brenhines? Rwyt ti'n lolian o gwmpas drwy'r dydd, yn bwyta llond bol, heb wneud pwt o waith!'

Dangosodd Miaren ei dannedd ac ysgwyd

ei mwng. 'Rwyt ti'n eiddigeddus, achos 'mod i'n cael byw fel dwi eisiau.'

'Eiddigeddus, ydw i?' atebodd Plwmsen ar ras. 'Os wyt ti'n credu hynny, dwyt ti ddim chwarter call. Man a man i fi bacio dy fagiau di nawr.'

'Be ti'n feddwl?' chwythodd Miaren.

'Meddylia. Ti'n pallu gadael i neb fynd ar dy gefn, ac yn byw yn yr iard isaf achos bod Mwsog am dy werthu di.

Ond os nad wyt ti'n gwneud yn dda yn y Sioe, fydd neb eisiau prynu merlen fel ti i'w plant. Wyt ti'n meddwl bod Mwsog yn mynd i ddal ati i dy fwydo di am ddim?'

Daeth chwerthiniad bach o gyfeiriad Tyrbo a sibrydodd llais, 'Nos da. Hwyl fawr. Paid gadael i'r drws daro dy ben-ôl ar y ffordd allan.'

Roedd Miaren wedi cael braw. 'Feiddiai hi ddim cael gwared arna i.'

'Na?' meddai Plwmsen. 'Wel, falle'ch bod chi'ch dwy'n ffrindiau mawr, a falle bydd hi'n fodlon gadael i ti wneud be fynnot ti a thalu amdanat ti am flynyddoedd. Neu *falle* bydd hi'n dy werthu di i'r ffŵl cynta sy'n dod i'r iard er mwyn cael gwared arnat ti. Falle fydd hi ddim yn chwilio am gartref da, stabl gynnes, a digon o fwyd i ti. Falle fydd hi'n poeni dim os yw dy berchennog newydd yn dy ddympio mewn cae ac yn dy adael allan ym mhob tywydd, a llwyth o ddwy-goesau bach yn dy chwipio ac yn gweiddi "Ji yp!" drwy'r dydd. Be wyt ti'n feddwl?'

Edrychodd Miaren am amser hir ar Plwmsen, ac yna trodd ar ei charnau a martsio i ffwrdd gan lusgo Sam ar ei hôl.

'Mae gen i restr o bobl dwi'n eu casáu, ac mae dy enw di'n mynd arni!' gwaeddodd dros ei hysgwydd ar Plwmsen.

'Mae gyda ni i gyd restr, Clown, felly stwffia hi!' gwawdiodd Plwmsen, a chwarddodd Tyrbo a Mici nes eu bod nhw bron â thagu.

Ar y ffordd i'r iard isaf ddwedodd Miaren 'run gair. Aeth Sam â hi i'r stabl, a phan oedd hi'n troi i adael, gwthiodd Miaren ei phen sarrug dros y drws.

'Dere â rhaglen y sioe i fi, ddwy-goes, a brysia!' meddai'n swta.

Gwenodd Sam, rhoi sbonc fach hapus a rhedeg i'r swyddfa.

Pennod 9

Roedd y tric o insyltio Miaren wedi gweithio a Miaren wedi dechrau siarad. Ond nawr roedd Sam yn trio dyfalu sut i gau'i cheg, achos doedd hi'n gwneud dim byd ond cwyno.

'Dwi *ddim* yn mynd i gystadlu ar y Wisg Ffansi,' snwffiodd Miaren. 'Cystadleuaeth i'r Shetlands dwl yw honno. Maen nhw'n gwisgo dillad stiwpid, ac yn llusgo'u boliau ar hyd y llawr, a phlant bach iychi'n eistedd ar eu cefnau, yn pigo'u trwynau ac yn bwyta'r baw. Dw *i*'n rhy bwysig i hynny.'

'Rwyt ti'n rhy bwysig i *bopeth*,' wfftiodd Sam dan ei gwynt.

'Beth ddwedest ti?' gofynnodd Miaren, a'i llygadu'n ddrwgdybus.

'Dim,' meddai Sam, ac edrych ar raglen y sioe unwaith eto. 'Beth am y gystadleuaeth Glana'n y Sioe? Does gen ti ddim yn erbyn honno, oes e?'

'Glana'n y Sioe? Glana'n y Sioe? Paid â gwneud i fi *chwerthin*!'

'Be sy o'i le ar Glana'n y Sioe?'

'Be sy ddim o'i le? Beth fyddet ti'n wneud? Dim ond fy nglanhau i, glanhau'r harnais, a thrio peidio baeddu dy siaced sioe, neu gael mwd dros dy *jodhpurs* gwyn. Wedyn bydden ni'n dwy'n paredio rownd yr arena gyda chriw o ferlod eraill, a beirniad yn penderfynu p'un ohonon ni sy lana. Dyw honna ddim yn gystadleuaeth go iawn, *yw hi*?'

'Wrth gwrs ei bod hi!'

'Na, dyw hi ddim. Paid â bod yn ddwl. Yr unig reswm maen nhw'n cynnwys Glana'n y Sioe yw er mwyn i'r plant sy'n reidio fel sachau o datws gael cyfle i ennill rhuban, ac i'w Mamis a'u Dadis fod yn falch o'u plant bach pathetig.'

'Miaren!' meddai Sam yn syn. 'Ti mor gas!'

'Cas ond gonest,' atebodd y ferlen. 'Bydd y plant sy'n pigo'u trwynau'n ddi-stop yn y gystadleuaeth Wisg Ffansi, yn dal i'w pigo'n ystod Glana'n y Sioe. Cei di weld. Ond os wyt ti'n bwriadu gweld *yn ystod* y gystadleuaeth, gwell i ti brynu ceffyl pren, achos fydda i ddim yn dod yn agos.'

'O na. Rwyt ti'n rhy bwysig, yn dwyt ti?'

'Rwyt ti'n dechrau'i deall hi,' meddai Miaren. 'A sôn am wisgo i fyny, gofala di gadw pethau'n syml. *Paid* trio rhoi rhubanau arna i.'

'O, ond mae Mam wedi prynu rhubanau gwyrdd pert. Bydden nhw'n edrych yn hyfryd yn dy fwng du . . .' meddai Sam.

'*Dim rhubanau!*' meddai Miaren ar ei thraws, gan frathu'r awyr. 'Os daw unrhyw beth tebyg i ruban yn agos ata i, bydda i'n cnoi lwmpyn o dy ben-ôl di.'

'Oes rhaid i ti fod mor ddramatig?'

'Dwi'n ferlen Gymreig,' meddai Miaren yn snobyddlyd â'i thrwyn yn yr awyr. 'Mae merlod Cymreig i fod i edrych yn naturiol. Dwyt ti ddim yn torri'r mwng na'r gynffon, ond yn eu gadael nhw'n hir ac yn drwchus. A dwyt ti ddim yn defnyddio harnais ffansi o unrhyw fath. Mae merlod Cymreig mor bert, byddai'n bechod trio newid . . .'

'Ocê, felly dim Gwisg Ffansi, dim Glana'n y Sioe, dim rhubanau. Be arall wyt ti'n gasáu?'

Meddyliodd Miaren am foment. 'Cŵn heb dennyn, yn enwedig y rhai bach swnllyd.'

'Na, Miaren. Sôn am y sioe o'n i!'

'Ydy cystadleuaeth Pâr Gorau Hanner a Hanner ar y rhaglen?'

'Ydy.'

'Dwi ddim yn gwneud honno chwaith.'

Roedd Sam yn teimlo fel taflu'r clipfwrdd ar lawr a neidio ar ei ben. 'Pam?'

'Achos mae honno hefyd yn gystadleuaeth ddwl,' meddai Miaren. 'Byddai rhaid i ni gerdded a throtian o amgylch y lle, gwneud cylch neu ddau, wedyn byddai beirniad yn penderfynu a ydyn ni'n "bartneriaid" da. Wel, nonsens fyddai hynny, achos dwi ddim yn dy hoffi di.'

Ailedrychodd Sam ar y rhestr. 'O, dyma gystadleuaeth dda. *Dressage* sylfaenol. O-o!' Ochneidiodd. 'Dwi ddim yn ddeg oed eto, felly allen ni ddim gogarlamu. Ond byddwn i wrth fy modd yn cystadlu. Dwi'n dwlu ar *dressage*!'

'Na,' meddai Miaren. 'Mae honno bron yn union 'run fath â'r gystadleuaeth Pâr Gorau

Hanner a Hanner, heblaw bod 'na enw twp Ffrangeg arni. Rwtsh.'

'Ond yr unig un sy ar ôl . . .' Llyncodd Sam ac edrych ar y rhaglen.

'Be?' meddai Miaren yn eiddgar a'i llygaid bach du'n disgleirio.

'Cystadlaethau Dewch am Naid,' meddai Sam gan syllu ar y ferlen. 'Mae 'na ddwy ohonyn nhw, ac mae'r clwydi'n fawr. Yn y gystadleuaeth gynta maen nhw'n codi i ddwy droedfedd, ac yn yr ail gystadleuaeth maen nhw'n codi i ddwy droedfedd chwe modfedd.' Teimlai Sam yn swp sâl wrth feddwl am neidio mor uchel.

'Nawr *dyna* i ti gystadlaethau go iawn,' meddai Miaren. 'Naill ai rwyt ti'n llwyddo, neu'n methu. Rwyt ti'n gyflym neu'n araf. Rwyt ti'n ennill neu'n colli. Mae popeth yn

glir, yn wahanol i'r cystadlaethau neis-neis, lle "mae'n rhaid i bob plentyn gael gwobr". Ond mae 'na un broblem.'

'Be?'

'Dwyt ti'n dda i ddim am neidio. A dweud y gwir, rwyt ti'n rwtsh.'

'Dwi ddim!' meddai Sam yn chwyrn.

'Wyt!' meddai Miaren. 'Rwyt ti'n codi o'r cyfrwy ac yn disgyn ar fy ngwddw bob tro dwi'n gorffen naid, achos dwyt ti ddim yn eistedd yn ôl ar y ffordd i lawr. Mae dy falans di'n ofnadwy, ac rwyt ti'n cydio'n dynn yn yr awenau ac yn tynnu'n ôl pan fydda i'n trio cyflymu. Os byddi di'n taro 'ngheg i unwaith eto â'r enfa 'na, bydda i'n siŵr o golli dant! Wir i ti, dwi'n cael poen yn fy ngên, bob tro dwi'n neidio gyda ti.'

'Fi sy ddim yn hyderus iawn,' meddai Sam

mewn llais bach. 'Allwn ni ddim gwneud y gystadleuaeth *dressage?*'

'Na!' meddai Miaren. 'Reidio'n dda a reidio'n gyflym er mwyn ennill – dyna beth yw cystadlu go iawn. Mae'n bryd i ti fagu plwc, dwy-goes, a dangos i bawb pa mor dda wyt ti. Dangos pa mor dda yw'r ddwy ohonon ni gyda'n gilydd.'

'Ond mae arna i ofn cwympo,' meddai Sam.

'Twt!' meddai Miaren a chyrlio'i gwefus ddu'n wawdlyd. 'Heb waed ar y tywod dyw hi ddim yn gystadleuaeth go iawn.'

'Dyna pam mae arna i ofn. Dwi ddim eisiau colli gwaed,' meddai Sam.

'Be sy'n bod? Does gen ti ddim ffydd yndda i?'

Alla i ddim ateb y cwestiwn heb ei hypsetio hi, meddyliodd Sam.

Pennod 10

Felly fe roddodd Sam ei henw i lawr ar gyfer y cystadlaethau Dewch am Naid, a *dim ond* y cystadlaethau hynny. Edrychodd Alys arni'n syn a chododd Mam un ael, ond ddwedodd hi'r un gair.

Gan mai dim ond pythefnos oedd ar ôl cyn Sioe Maes-y-cwm, mynnodd Miaren ymarfer bob dydd. Felly bob dydd ar ôl ysgol, roedd Sam yn tywys Miaren i'r arena awyr agored, ac yn ymarfer cylchoedd, hanner-stopio, ffigyrau wyth hir dolennog, newid cyfeiriad wrth ogarlamu, ac wrth gwrs neidio. Erbyn diwedd yr ymarfer roedd haenen o lwch dros

125

ei gwallt ac yn ei llwnc, a chôt ddu Miaren wedi troi'n llwyd.

Gan fod Miaren wedi penderfynu cyd-weithio, doedd Sam ddim yn poeni am gael ei thaflu ar lawr. Doedd y ferlen ddim yn chwarae triciau cas, felly roedd Sam yn gallu canolbwyntio ar ei reidio ac ar ddod i nabod Miaren.

Ac yn bendant roedden nhw'n gwella. Roedd llai a llai o sŵn yn dod oddi wrth y merched ger y wal, achos doedd ganddyn nhw ddim llawer i'w ddweud. Doedd gan Clara Jones a'i ffrindiau ddim rheswm dros ddweud pethau cas nawr. Dechreuodd Sam ymlacio ar gefn Miaren, hyd yn oed pan oedden nhw'n cornelu mor gyflym nes

mynd â'i gwynt. Doedd Miaren byth, byth yn llithro nac yn oedi. Roedd pob cam yn ofalus ac yn berffaith, hyd yn oed pan oedd hi'n troi mor gyflym nes gorfod croesi un goes dros y llall er mwyn cadw'i balans.

Pan oedd rhywun o gwmpas, roedd Miaren yn cadw'n dawel. Ond pan oedden nhw ar eu pen eu hunain, roedd hi'n dysgu Sam llawn cystal â Jên. Byddai'n dweud, 'Eistedd lan. Rho dy ysgwyddau'n ôl ac ymlacia. Cadw dy ddwylo'n llonydd. Y pwdryn bach! Er mwyn popeth, lapia dy goesau amdana i, fel taset ti am roi sws i fi, ac ymlacia! Mae dy goesau mor stiff, maen nhw'n swingio'n ôl ac ymlaen, yn lle gorwedd yn fflat yn fy erbyn. Edrych fel marchog go iawn, a phaid â gwneud i fi edrych yn stiwpid!'

Ar ben hynny byddai Jên yn gweiddi,

'Cadw dy sodlau tuag i lawr a bysedd dy draed tuag i fyny! Tro nhw i mewn. Rwyt ti'n edrych fel Wil Cwac Cwac pan wyt ti'n sticio dy draed allan. Cwyd dy ên ac edrych i ble rwyt ti'n mynd. Gwylia ble i droi – os nad wyt ti'n gwybod ble rwyt ti'n mynd, sut mae disgwyl i Miaren wybod? Dy fusnes di yw dweud wrthi. Dim iws troi at y naid ar y funud ola a llusgo'i phen tuag ati. Os wyt ti'n gorfod tynnu'i phen mor bell, bydd hi'n colli'i balans!'

'Ac yn cael poen gwddw ofnadwy hefyd,' cwynodd Miaren drwy'i genfa.

Roedd y neidio'n dal yn broblem. Roedd y reidio ar y gwastad wedi gwella'n rhyfeddol, ond roedd Sam yn dal i gael ofn pan oedd Miaren yn neidio. Ond roedd Miaren *wrth ei bodd* yn neidio. Roedd hi'n sboncio o gwmpas fel ci bach cynhyrfus pan oedd Jên neu Alys yn gosod y clwydi ar gyfer Sam, ac yn ysgwyd ei phen a driblan bron iawn. 'O waw-i, waw-i, *waw-i!*' byddai'n gwichian, wrth i Sam drio tawelu'r nerfau yn ei stumog.

Cyn gynted ag roedd Sam yn gwasgu'i sodlau i ochrau Miaren ac yn dweud wrthi am ogarlamu, i ffwrdd â Miaren fel roced a neidio am y glwyd fel eog yn codi o'r dŵr. Roedd hi'n lansio'i hun at y glwyd ddwy-droedfedd, yn plygu fel bwa ac yn hedfan gryn droedfedd uwch ei phen. Gan ei bod hi'n neidio mor uchel, roedd hi'n disgyn yn serth iawn. Allai Sam ddim pwyso'n ôl yn ddigon cyflym i gadw'i balans, felly roedd hi'n cwympo yn erbyn gwddw'r gaseg cyn gynted ag yr oedd ei phedair troed yn cyffwrdd â'r llawr. Roedd Miaren mor gyffrous fel nad oedd hi ddim yn aros i Sam gael ei gwynt ati, ond yn rhuthro at y glwyd nesaf cyn iddi gael ei balans. Ar y gwastad, roedd y ddwy ohonyn nhw'n toddi i'w gilydd ac yn troi a chornelu a rasio fel un, ond roedd y teimlad braf hwnw'n diflannu'n llwyr pan oedden nhw'n dechrau neidio.

Y diwrnod cyn y Sioe, daeth Jên â'r wers i ben ar ôl deg munud.

'Does dim pwynt gweithio Miaren yn rhy galed heddiw. Mae eisiau iddi fod yn sionc ac yn effro fory, a pherfformio'n dda,' meddai Jên. 'Mae dy neidio di bron yn iawn. Tria ymlacio a gwrando ar Miaren, ac fe ddoi di i ben yn iawn fory. Cofia fod Miaren yn deall ei gwaith, Sam. Gad lonydd iddi, ac fe fydd popeth yn iawn. Paid â mynd yn stiff a thynnu ar ei cheg, achos bydd hynny'n ei dal yn ôl.'

Roedd Sam wedi blino'n lân ar ôl ymarfer cymaint. Roedd ei gwddw, ei chefn a'i hysgwyddau'n brifo ar ôl reidio a thrin Miaren, ac ar ôl rhwbio'i chyfrwy a'i ffrwyn nes eu bod nhw'n sgleinio. Roedd hi'n teimlo fel disgyn oddi ar Miaren, rhoi'r awenau i Jên a dweud wrth Miss Mwsog am stwffio'r

Sioe Haf. Dyna braf fyddai treulio diwrnod y Sioe yn y gwely, yn gwylio ffilmiau dwl ac yn cnoi pecyn enfawr o greision. Yn lle hynny, fe wenodd yn wan ar Jên a dweud, 'Fe wna i 'ngorau.'

'Wrth gwrs y gwnei di,' meddai Jên. 'Chwarae teg i ti, Sam, rwyt ti'n gweithio'n galed ac yn reidio Miaren yn dda dros ben. A finne'n meddwl mai un fach ofnus oeddet ti!'

'*Fe wna i 'ngorau,*' dynwaredodd Miaren lais Sam yr holl ffordd i'r stabl. 'Arswyd mawr, os na wnei di'n well na hynny, byddwn ni'n malu pob clwyd fory.'

'Miaren, bydd dawel,' ochneidiodd Sam, gan dynnu'r cyfrwy a'r ffrwyn oddi ar y gaseg. 'Dyw dy gwyno di-stop di'n helpu dim. Pam na alli di fod yn garedig weithiau, yn lle cega arna i?'

'*Caredig*?' poerodd Miaren. 'Dwi wastad yn garedig! Dwi'n symud yn berffaith a byth yn dy daflu ar dy ben-ôl main. Yn lle dilyn dy gyfarwyddiadau gwirion di, dwi'n gwneud yn union be ddylet ti fod yn gofyn amdano yn y lle cynta. Dwi wedi bod yn hanner lladd fy hunan yn y gwres. Dwi ddim wedi gwneud dim byd o'i le, ac, a bod yn onest, mae'n hen bryd i ti ddechrau gweithio mor galed â fi!'

'Ond, dwi wedi bod yn gweithio!'

'Nag wyt,' meddai Miaren â'i llygaid yn fain. 'Rwyt ti'n dod i lawr i'r arena ac yn esgus gweithio, ond mae dy feddwl di'n bell, ddwy-goes. Yn lle canolbwyntio ar y neidio, rwyt ti'n meddwl am yr holl bethau allai fynd o'i le, am yr holl anafiadau allet ti gael, a finne wedi gwneud dim i dy ddychryn di.'

'Dyw hynna ddim yn wir!'

'Ydy, mae e. Meddylia di. Falle mai fory fydd yr unig gyfle ga i i greu argraff ar rywun. Yr unig gyfle i gael cartref da a phlentyn ar fy nghefn sy'n wirioneddol eisiau ennill cystadlaethau, a chael byw'n hapus am weddill fy mywyd. Felly meddylia di am hynny.'

'O, 'na dwp ydw i,' meddai Sam. 'Anghofies i. Dylwn i fod yn meddwl amdanat ti.'

'Na, dylet ti fod yn meddwl amdanon *ni*,' meddai Miaren. 'Rydyn ni i fod yn bartneriaid.'

'Ydyn ni, wir?' meddai Sam. 'Dwyt ti ddim yn gwybod beth yw ystyr y gair partner.'

Gwasgodd Miaren ei chlustiau'n fflat, a throi ei phen-ôl at Sam. 'Ti sy ddim yn gwybod beth yw partner,' chwyrnodd dros ei hysgwydd.

'Iawn,' meddai Sam. 'Dim ots gen i!' a brasgamodd i ffwrdd â harnais Miaren dros ei hysgwydd. Edrychodd hi ddim yn ôl.

Pennod 11

Roedd yr awyr yn las, las a'r haul yn disgleirio ar yr arena. Doedd dim cwmwl na chysgod yn unman.

Y cystadlaethau neidio oedd yr olaf ar y rhaglen, felly fe dreuliodd Sam y rhan fwyaf o'r dydd yn paratoi Miaren. Hanner-gwrandawodd ar lais clir Jên yn atsain dros yr uchelseinydd wrth i'r plant bach gystadlu ar y Wisg Ffansi a'r Glana'n y Sioe. Yn ofalus iawn brwsiodd bob smotyn o lwch o gôt ddu Miaren a symud pob cwlwm ac annibendod o'i mwng a'i chynffon drwchus. Gwrandawodd ar y curo dwylo i'r gystadleuaeth *Dressage*,

ac oelio a rhwbio carnau bach glas caled Miaren nes eu bod nhw'n disgleirio fel llechen wlyb. Roedd Mam wedi caniatáu i Alys reidio Melfed yn y *dressage*.

Tybed sut mae pethau'n mynd? meddyliodd Sam a dal ati i rwbio olew i gyfrwy a ffrwyn Miaren, nes bod y lledr yn sgleinio. Dylai hi fod yno'n cefnogi Alys, ond roedd hi wedi dweud wrth ei chwaer ei bod am aros o'r golwg, nes ei bod hi'n bryd iddi reidio. Roedd ei nerfau'n rhacs, ac roedd hi eisiau bod ar ei phen ei hun yn lle bod yng nghanol y gwres a'r dorf.

Codi'i hysgwyddau wnaeth Alys a rhoi plwc bach i wallt Sam. 'Byddi di'n iawn, y mwnci bach,' meddai. ''Sdim rhaid i ti guddio.' Ond roedd hi'n cuddio, ac roedd Alys yn reidio heb neb ond Mam i'w chefnogi. Roedd cywilydd ar Sam, ond roedd ei dwylo'n crynu. Roedd hi'n teimlo fel rhedeg allan a gofyn i Mam fynd â hi adre.

Roedd Miaren yn dal i bwdu ar ôl y cweryl gawson nhw ddoe, a ddwedodd hi ddim gair wrth i Sam roi'r ffrwyn dros ei phen a'r enfa rhwng ei dannedd. Cleciodd ei dannedd yn ddiamynedd, pan gaeodd Sam y cyfrwy am ei bol.

Pan oedd Miaren yn barod, fe gripiodd Sam i gysgod y stafell harneisiau yn yr iard isaf a newid i'r dillad roedd Mam wedi'u

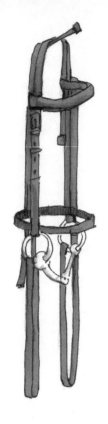

gadael yno. Gwisgodd y *jodhpurs* lliw hufen, crys gwyn glân, ei siaced sioe dwt, a'r esgidiau du sgleiniog. Clymodd ei gwallt syth melyn yn gynffon daclus a chlymu tei am ei gwddw. Yn ofalus iawn rhoddodd ei het felfed ddu ar ei phen a chau'r bwcl o dan ei gên. Tynnodd y menig marchogaeth clyd dros ei bysedd a chau'r botymau am ei garddyrnau.

Cododd chwip fach ddu, a brasgamu o'r stafell ac yn ôl i stabl Miaren.

'Wel, ti'n edrych fel marchog go iawn,' meddai'r ferlen a'i hastudio o'i phen i'w thraed. 'Taclus dros ben.'

'Diolch,' meddai Sam.

Cerddodd y ddwy ar draws yr iard yn dawel a meddylgar. Ar ôl gadael llonyddwch stablau personol Miss Mwsog, roedd y lle fel ffair. Roedd plant yn rhedeg i bob cyfeiriad wrth drio paratoi ar gyfer y Sioe. Roedd eu ceffylau wedi'u clymu i'r barrau y tu allan i'w stablau ac yn hopian yn gyffrous o un carn i'r llall. Roedd brwsys wedi'u gwasgaru dros y llawr, a darnau o harnais ac ambell ddilledyn. Roedd yr iard yn edrych fel petai bom wedi disgyn yno.

Cerddodd Sam a Miaren drwy'r cyfan, a'u meddyliau ymhell. Gwelodd Sam Plwmsen yn syllu drwy gât adran y Shetlands, ond doedd hi ddim yn teimlo fel siarad â'r ferlen fach. Gwelodd Basil yn ysgwyd ei ben yn drist wrth iddyn nhw fynd heibio. Sythodd Sam ei hysgwyddau a mynd draw i ymuno â'r cystadleuwyr eraill oedd yn sefyll mewn rhes wrth ochr yr arena.

Yn y gystadleuaeth gyntaf roedd saith clwyd, a'r fwyaf yn ddwy droedfedd o uchder. Roedd Sam yn falch i weld bod rhai ohonyn nhw'n ddigon isel. Trefniant y clwydi oedd yn gwneud y cwrs yn anodd. I neidio ambell glwyd roedd rhaid i'r cystadleuwyr droi'n sydyn ac yna dyblu'n ôl at y glwyd nesaf. I neidio clwydi eraill roedd rhaid troi'n raddol er mwyn anelu am y canol. Gallai neidio ar ongl dynn neu neidio'n rhy agos i'r ochrau fod yn beryglus. Os na allai'r merlod weld y glwyd yn glir wrth redeg tuag ati roedden nhw'n debyg o wrthod, neu neidio'n wael a thaflu'r polion i lawr. Doedd e ddim yn gwrs brawychus, ond roedd angen meddwl clir.

Roedd Miss Mwsog wedi cyhoeddi trefn y cystadlu'r diwrnod cynt. Sam oedd yr olaf ar y rhestr, ac Alys oedd y gyntaf. Cododd ei phen a sbecian ar y bobl yn y stand. Doedd hi ddim yn nabod llawer ohonyn nhw. Roedd rhai'n dod o bell, er mwyn i'w plant gael cystadlu, ac wrth gwrs roedden nhw'n dod i weld y merlod a'r ceffylau oedd ar werth. Tybed a oedd rhywun yn edrych ar Miaren y funud hon? Gwelodd ei mam yn gwneud ei hun yn gyffyrddus ar y fainc bren galed, a chododd ei llaw a gwenu. Cododd Mam ei llaw yn ôl arni, a chodi'i bawd.

Edrychodd Sam ar hyd y rhes a gweld Alys yn sefyll yn ymyl merlyn o'r enw Deio oedd yn hoffi neidio llawn cymaint â Miaren. Edrychodd Alys ar Miaren. Symudodd ei gwefusau a gyrru neges i Sam: 'Mae'n edrych yn dda.'

'Diolch,' sibrydodd Sam a gwenu ar ei chwaer.

Pwysodd Sam yn erbyn Miaren a chrafu y tu ôl i'w chlust. Triodd dawelu'r pwl o banig oedd yn corddi yn ei stumog, a sibrwd yn ei chlust, 'Byddwn ni'n iawn, yn byddwn ni?'

'Byddwn,' sibrydodd Miaren yn ôl. 'Byddwn siŵr.' Yna, er syndod i Sam, fe wasgodd y ferlen ei hysgwydd yn erbyn ei hochr a'i dal yno am foment. Roedd e'n deimlad cynnes, cynnes. Syllodd Sam ar Miaren, ond syllodd Miaren yn syth yn ei blaen.

'Alys a Deio sy'n dechrau'r gystadleuaeth,' cyhoeddodd Jên. Canodd y gloch a gyrrodd Alys Deio ar ras tuag at y glwyd gyntaf. Gwyliodd Sam y ddau'n hedfan dros naid ar ôl naid, Alys yn eistedd yn berffaith ar ei gefn, a Deio'n plygu'i garnau'n dwt wrth neidio. Rhuthron nhw dros y llinell derfyn i sŵn cymeradwyaeth uchel, heb falu un glwyd.

Gwyliodd Sam bob cystadleuydd, a thrio dysgu'r ffordd orau i fynd o amgylch y cwrs. Clara Jones oedd y nesaf i reidio ar ôl Alys. Neidiodd hithau rownd glir a charlamu adre ychydig yn gynt nag Alys.

Doedd rhai o'r cystadleuwyr nesaf ddim mor lwcus. Os oedd merlen yn taro polyn i'r llawr, roedd hi'n cael pedwar pwynt cosb. Ar ôl Alys a Clara chafodd neb rownd glir. Fe gafodd Natalie druan ddau ddeg pedwar pwynt cosb ar gefn Oscar, a oedd wrth ei fodd yn gwneud ffŵl ohoni. Gwenodd Sam yn nerfus ar Natalie, oedd yn gadael yr arena â'i hwyneb yn goch a dagrau yn ei llygaid.

Ac yna, dyma'i thro hi. Clywodd hi Jên yn dweud 'Sam a Miaren', a dringodd i'r cyfrwy a'i choesau'n crynu. Plygodd i fwytho gwddw Miaren, a'i chlywed yn sibrwd, 'Paid â phoeni. Ry'n ni wedi gwneud hyn ddegau o weithiau.'

Roedd Mam wastad yn dweud wrthi, 'Reidia gartre fel taset ti'n cystadlu, a reidia mewn cystadleuaeth fel taset ti gartre.' Yr un neges oedd gan Mam a Miaren – ymlacia. Ond roedd y cryndod ym mol Sam yn gwneud i'r arena dyfu'n fwy ac yn fwy nes ei bod hi bron â diflannu i'r pellter.

Roedd yr haul yn llosgi'i phen a'r chwys yn byrlymu dan ei menig. Roedd Miaren yn gyffro i gyd fel arfer ac yn prancio a loncian tuag at y llinell gychwyn. Teimlai Sam mor feddal â slefren fôr wrth sboncio ar ei chefn. Prin y cafodd hi amser i gydio'n dynn yn yr awenau cyn i'r gloch ganu ac i Miaren ogarlamu i ffwrdd.

Roedd Sam wedi rhewi mewn braw. Gwthiodd ei chorff i'r safle neidio wrth i'r glwyd gyntaf ruthro tuag atyn nhw. Neidiodd Miaren yn ysgafn drwy'r awyr, ond dechreuodd Sam woblan ac mewn panig, pwysodd yn ôl a rhoi plwc i geg Miaren wrth lanio. Ysgydwodd Miaren ei phen yn ddig, ond rhuthrodd yn ei blaen a hedfan yn hawdd dros y glwyd nesaf – mor hawdd â chamu dros bwll o ddŵr.

Nawr roedd rhaid iddyn nhw ddyblu'n ôl ac anelu am y drydedd glwyd. Plygodd Miaren ei chorff a throi, ond roedd Sam yn araf i ymateb ac fe woblodd yn y cyfrwy unwaith eto. Heb feddwl, fe dynnodd yr awenau'n dynn a gwthio pen Miaren i lawr pan oedd hi'n paratoi i neidio. Brwydrodd y gaseg fach i godi'i phen ond allai hi ddim gweld ble i fynd, a dyma'i choesau blaen yn taro'r polyn top ac yn ei daflu i'r llawr. Arafodd y ferlen fach ddu pan glywodd hi'r dorf yn ochneidio, ond wedyn ymlaen â hi.

Gwnaeth Sam ei gorau i dawelu'i nerfau a thrio ymlacio yn y cyfrwy. Doedd hi ddim yn teimlo fel petai hi'n perthyn i Miaren. Roedd y teimlad o gydsymud wedi mynd, a sut oedd ei gael e'n ôl? Roedd Miaren fel

petai'n gwneud y cwrs ar ei phen ei hun, ac yn disgwyl i Sam ddal i fyny. Roedd Sam mor brysur yn poeni am hynny, wnaeth hi ddim paratoi ar gyfer y naid nesaf. Pan godiodd Miaren i'r awyr, tynnodd Sam ar yr awenau unwaith eto a chiciodd y ferlen bolyn arall i lawr. Wyth pwynt cosb i'r ddwy ohonyn nhw. Llwyddodd i gael ei balans cyn y bumed glwyd, ond roedd Miaren wedi dechrau blino. Neidiodd yn llipa dros y chweched glwyd a sbonciodd polyn arall i'r llawr. Cyfanswm o ddeuddeg pwynt cosb. Neidion nhw dros y glwyd olaf ac anelu'n dawel am y llinell derfyn. Curodd pawb eu dwylo'n garedig. Roedd Sam mor falch fod y gystadleuaeth drosodd.

Roedd hanner awr o egwyl yn dilyn, er mwyn i'r stiwardiaid godi'r clwydi'n uwch

ac i'r merlod gael eu gwynt. Tywysodd Sam
Miaren i'w stabl ar ras, gan gadw'n ddigon
pell oddi wrth y Shetlands.

'Mae 'nghoesau i'n brifo,' cwynodd
Miaren, wrth i Sam ei thywys i'r iard isaf.

'Bydda i'n gleisiau drosta i fory. Dwi wedi taro cymaint o bolion.'

'Fe reidion ni'n eitha da,' meddai Sam. 'O leia fe gyrhaeddon ni'r diwedd.'

'Fe reidion ni'n ofnadwy,' meddai Miaren. 'Dy fai di oedd e.'

'Pam?' gofynnodd Sam, pan gyrhaeddon nhw gysgod stabl Miaren. Llaciodd gengl y gaseg i'w gwneud hi'n fwy cyffyrddus, a thynnu'i het oddi ar ei gwallt chwyslyd.

'Achos dwyt ti'n trystio dim ohona i,' meddai Miaren mewn llais bach tawel.

'Dyw hynny ddim yn wir!'

'Ydy, mae e,' meddai Miaren. 'Rwyt ti'n eistedd ar 'y nghefn ac yn meddwl "beth os" o hyd. *Beth os byddi di'n cwympo, beth os cei di ddolur* – yn lle credu yndda i a gadael i fi wneud 'y ngwaith.'

'Ond mae'n ddigon naturiol, Miaren. Alla i ddim help bod yn ofnus . . .' dechreuodd Sam, a thawelu'n sydyn.

'Dwed y gwir!' meddai Miaren yn chwyrn. 'Alli di ddim help bod yn ofnus pan wyt ti ar fy nghefn *i*. O'n i'n meddwl ein bod ni'n deall ein gilydd, a dwi wedi gofalu amdanat ti'n ddiweddar, heb dy ollwng di unwaith. A nawr rwyt ti'n meiddio dweud wrtha i mai *fi* yw'r partner gwael.'

Plygodd Miaren ei phen a suddodd ei hysgwyddau. 'Ar ôl y perfformiad yna, pa fath o gartref ga i? Falle na cha i ddim cartref o gwbl.'

'O Miaren!' Teimlai Sam yn euog iawn. Tynnodd ei menig gan feddwl mwytho gwddw'r gaseg, ond trodd honno ei chefn arni.

'Paid,' crawciodd Miaren yn drist. 'Gad lonydd i fi.'

Pennod 12

Doedd Sam ddim yn siŵr beth i'w ddweud wrth Miaren. Roedd y ddwy ar eu ffordd i'r arena ar gyfer cystadleuaeth ola'r dydd. Edrychodd Miaren ddim arni. Plygodd ei phen a llusgo'i thraed heb gymryd sylw o weiddi gwawdlyd y Shetlands. Doedd dim hwyl o gwbl ynddi. Roedd hi mor fflat â balŵn wedi byrstio.

Alla i ddim help panicio, meddyliodd Sam. *Dwi'n gwneud fy ngorau, ond un fel'na ydw i. Pam na all hi ddeall?*

Safodd Miaren yn dawel yn y rhes ac aros ei thro. Roedd hi mor dawel. Teimlai

Sam fel petai'n cydio mewn cysgod, neu'n gafael mewn blodyn wedi gwywo. Dechreuodd yr hen bilipalod gorddi yn ei stumog, a thriodd feddwl yn bositif wrth iddyn nhw godi a chwyrlïo rownd ei brest. Chymerodd hi fawr o sylw o'r cystadleuwyr eraill. Roedd hi'n trio peidio meddwl am neidio. Fe grafodd y tu ôl i glust Miaren a mwytho'i hwyneb, ond syllu ar y llawr wnaeth y gaseg fel petai hi yn ei byd bach ei hun.

Beth alla i wneud? meddyliodd Sam yn wyllt. *Nid Alys ydw i. Alla i byth fod yn Alys.*

Roedd cystadleuydd arall yn gadael yr arena i sŵn curo dwylo ac ambell hwrê. Roedd eu tro nhw'n dod yn nes ac yn nes. *Pam dwi'n gwneud hyn?* meddyliodd Sam.

Pam yn y byd ydw i'n gwneud rhywbeth sy'n
fy nychryn o hyd ac o hyd?

Edrychodd i gyfeiriad y stand a gweld Mam yn gwenu arni. Meddyliodd am Mam a Melfed, nid yn marchogaeth ond yn mwynhau cwmni'i gilydd, cyn ac ar ôl bod am reid. Melfed yn plygu'i phen er mwyn i Mam gael brwsio blaen ei mwng a'r smotyn arbennig y tu ôl i'w chlust. Mam yn rhwbio fan'ny â brws caled, a Melfed yn cau'i llygaid ac yn snwffian yn fodlon. Meddyliodd am Melfed yn pwyso'i hwyneb yn erbyn cefn Mam a Mam yn estyn tuag yn ôl ac yn mwytho boch Melfed â blaenau'i bysedd, a'r ddwy'n sefyll mor dawel. Neu Melfed yn codi'i chlustiau ac yn trotian at y gât pan fyddai Mam yn galw, a'i hwyneb yn disgleirio'n hapus.

Dyna be dwi eisiau, sylweddolodd Sam. *Dwi ddim eisiau bod fel Alys. Dwi ddim hyd yn oed yn poeni am fod yn farchog da. Be dwi eisiau yw merlen dwi'n ei charu ac sy'n fy ngharu i.*

Edrychodd ar y ferlen fach drist yn ei hymyl, a meddwl, *Ry'n ni hanner ffordd yno. Rhaid i fi gymryd y cam nesa.*

Neidiodd Sam mewn braw pan gyhoeddodd Jên mai hi a Miaren oedd y nesaf i gystadlu. Wrth i'r ddwy gerdded tuag at gât yr arena, meddyliodd Sam sut y gallai helpu Miaren o fewn y deg eiliad nesaf.

Dringodd i'r cyfrwy, a thra oedden nhw'n disgwyl i'r gloch ganu, rhoddodd Sam ei llaw ar wddw Miaren. Plygodd i lawr a sibrwd yn ei chlust.

'Ti'n iawn, Miaren. Do'n i ddim yn deall sut i fod yn bartner da,' meddai, a gwylio clustiau Miaren yn troi tuag ati. 'Ond dwi'n deall nawr. A dwi'n dy drystio di, felly dwi'n mynd i adael i ti ofalu am y ddwy ohonon ni.' Clymodd gwlwm yn yr awenau rhag ofn iddyn nhw lithro'n rhy gyflym drwy'i bysedd, a chydiodd ynddyn nhw ag un llaw.

Plethodd fysedd y llaw arall ym mwng garw Miaren, a theimlo'r ferlen fach yn sefyll yn fwy syth. Trodd Miaren ei phen i edrych arni a sibrwd, 'Beth wyt ti'n wneud?'

'Dwi'n mynd i gau fy llygaid a hedfan,' meddai Sam.

'Ti'n wallgo!' meddai Miaren a'i llygaid yn disgleirio'n hapus.

'Fel ti,' meddai Sam, a gwenu arni.

Canodd y gloch, caeodd Sam ei llygaid yn dynn, a rhoi cic gychwyn i Miaren. Gogarlamodd Miaren i ffwrdd a theimlodd Sam ei bol yn fflip-fflopian wrth neidio dros y glwyd gyntaf. Gwaeddodd rhai o'r gwylwyr mewn braw, pan sylweddolon nhw ei bod hi'n reidio â'i llygaid ynghau, ond caeodd Sam ei chlustiau a chanolbwyntio ar symudiad Miaren oddi tani. Pan oedd ei llygaid ynghau, doedd dim i dynnu'i sylw. Roedd hi'n gallu teimlo pob plwc o gyhyrau Miaren wrth i'r ferlen fach daranu rownd y cwrs. Bob tro roedden nhw'n cornelu, roedd Sam yn pwyso i un ochr er mwyn i Miaren gael ei balans, ac roedd hi'n pwyso ymlaen ac yn ôl yn berffaith dros bob clwyd. Wrth i Miaren redeg rownd a rownd y cwrs, a'i charnau bach caled yn cyflymu ac yn codi cawod o lwch, dechreuodd Sam deimlo'n ysgafn fel pluen unwaith eto. Unwaith eto roedd hi a Miaren yn cydsymud yn rhwydd, a chefn y ferlen fach oedd y lle mwyaf diogel yn y byd i gyd. Pan dynhaodd Miaren ei chyhyrau a pharatoi i neidio dros y glwyd olaf a'r fwyaf, roedd Sam yn siŵr eu bod am godi fel aderyn a hedfan yn uwch ac yn uwch i'r awyr las.

Agorodd ei llygaid pan laniodd Miaren â chlec yr ochr draw i'r glwyd, a safodd yn ei gwartholion wrth i'r gaseg garlamu am adre. Stopiodd Sam y ferlen yng nghanol yr arena a ffrwydrodd yr iard gyfan. Roedd pobl yn gweiddi, curo dwylo, chwibanu a stampio'u traed. Roedd Jên yn neidio lan a lawr yn hapus, a Miss Mwsog yn syllu arnyn nhw'n syn. Doedd dim un polyn ar lawr. Roedden nhw wedi neidio rownd glir.

'Ffantastig!' meddai Sam.

Edrychodd Miaren dros ei hysgwydd. 'Ddwedes i,' pwffiodd. 'Hawdd-pawdd.' A dyma hi'n rhoi winc fawr.

Pennod 13

Wrth gwrs, wnaethon nhw ddim ennill. Byddai hynny fel stori dylwyth deg, ac, fel mae pawb yn gwybod, dyw pethau fel 'na ddim yn digwydd go iawn. Ond roedd dod yn ail i'w chwaer fawr Alys yn ganlyniad go dda ar y dydd. Pan safon nhw mewn rhes i dderbyn eu gwobrau, gwenodd Sam mor llydan nes bod cyhyrau'i gên bron â hollti'n ddau.

'Fe wnest ti rywbeth hollol ffantastig,' sibrydodd Alys, pan oedden nhw'n disgwyl i Miss Mwsog ddosbarthu'r rhubanau. 'Rhywbeth dwl, ond cŵl iawn!'

'Ti'n iawn,' gwenodd Sam, ac yna meddwl am eiliad. 'Rhywbeth cŵl, dwi'n feddwl, nid dwl.'

'Gawn ni weld be ddwedith Mam,' giglodd Alys.

Camodd Miss Mwsog tuag atyn nhw â'r rhubanau yn ei llaw. 'Llongyfarchiadau, Samantha ac Alys,' meddai, er nad oedd hi'n edrych yn hapus. Clipiodd y rhuban gwobr gyntaf ar ffrwyn Deio. 'Fe wnest ti farchogaeth yn dda fel arfer, Alys.' Trodd at Sam a chlipio rhuban coch ail wobr ar ffrwyn Miaren, a'i gwefusau'n un llinell fain wen. 'Dwi'n falch bod yr holl wersi gwych gest ti yma wedi dwyn ffrwyth, Samantha,' meddai'n gwta. 'Da iawn.'

'Fe ges i ruban pert wedi'r cyfan,' sibrydodd Sam yng nghlust Miaren wrth ddisgyn oddi ar ei chefn. Ddwedodd y ferlen fach 'run gair, ond fe dynnodd wyneb hyll ac ysgwyd ei mwng. Gwenodd Sam. Roedd Miss Mwsog yn clipio rhuban trydedd wobr yn araf a gofalus ar ffrwyn merlen Clara. 'Trueni mawr na chest ti gyntaf neu ail, fel rwyt ti'n arfer gwneud, Clara,' meddai. 'Ond dwi'n siŵr y bydd dy dalent a'r holl waith caled yn dod â llwyddiant i ti'r tro nesa, sy ond yn deg.' Roedd Clara bron â chrio mewn tymer ac fe syllodd hi'n gas tu hwnt ar Sam. Yn gyflym iawn edrychodd Sam i lawr ar ei dwylo.

Roedd Mam yn aros amdanyn nhw, pan adawodd y cystadleuwyr yr arena i sŵn curo dwylo. Cydiodd yn dynn yn Sam a lapio'i breichiau siocledaidd amdani.

'Fe wnest ti rywbeth dwl iawn, iawn,' meddai Mam, gan ei gwasgu'n dynnach a chusanu top ei phen. 'Ond roeddet ti'n ddewr iawn ac fe wnest ti farchogaeth yn dda dros ben. Da iawn ti. Dwi mor falch ohonoch chi'ch dwy.'

'A Miaren,' meddai Sam. 'Hi wnaeth y gwaith caled.'

'Ti'n iawn,' meddai Mam a chwilota yn ei phocedi am rywbeth blasus. 'Roedd hi'n edrych yn wych yn yr arena. Rhaid i fi ddweud, ry'ch chi'ch dwy'n gwybod yn iawn sut i ysbrydoli'ch gilydd.'

Snwffiodd Miaren pan welodd hi'r darn o foron fflwfflyd ddaeth allan o boced Mam, ond fe sugnodd e o'i llaw a'i gnoi'n awchus.

'Dwi'n mynd i dynnu harnais Miaren, Mam, a'i helpu i oeri. Wela i di cyn bo hir,' meddai Sam.

'Ie, gwna di Miaren yn gyffyrddus ac wedyn fe gawn ni bicnic,' meddai Mam. 'Peidiwch â bod yn hir, chi'ch dwy.'

Aeth Alys i'r iard dop i roi Deio'n ôl yn ei stabl, a cherddodd Miaren a Sam i'r sgubor. 'Dwi'n gwybod be wyt ti am wneud, ond oes raid i ni?' meddai Miaren.

'Mae Plwmsen yn haeddu diolch. Cytuno?' meddai Sam.

'A bod yn onest? Na, dwi ddim,' meddai Miaren. 'Mae hi'n greadur pwt-goes, busneslyd . . .'

'Sh!' meddai Sam, wrth i Plwmsen, Mici a Tyrbo drotian yn gyffro i gyd at y gât.

'Welson ni chi. Welson ni bopeth o'r fan hyn. Roeddech chi'n wych!' gweryrodd Tyrbo.

'Wel, man a man i ti wylio, achos does gen ti ddim gobaith cystadlu,' meddai Miaren.

'O Miaren, stopia hi!' meddai Sam.
'Plwmsen, dw i, wel fi a Miaren, eisiau dweud
diolch yn fawr am ddod â ni at ein gilydd.
Mae wedi bod yn ddiwrnod ffantastig.'

Snwffiodd Plwmsen. 'Dwi'n poeni dim
amdanat ti nac am y tipyn sach chwain
'na chwaith,' chwyrnodd. 'Dial o'n i eisiau.
Dim ond dial.' Pwysodd yn erbyn y gât a'i

llygaid bach brown yn llawn malais. 'Nawr, dwed wrtha i, sut oedd Clara Jones yn teimlo ar ôl colli i ti? Oedd hi'n grac? Oedd hi'n crio?'

Edrychodd Sam a Miaren ar ei gilydd. Dim iws dweud bod Clara wedi cael tipyn bach o siom. Fyddai hynny ddim yn ddigon i Plwmsen. Gwelodd Sam lygaid Miaren yn disgleirio a dyfalu bod y ferlen yn gofyn iddi ddweud clamp o gelwydd. 'O, roedd hi'n hollol bananas,' meddai Sam. 'Roedd hi mor grac nes ei bod hi'n crio ac yn gofyn pwy oedd wedi trefnu i ni ennill a phwy oedd wedi'n dysgu. Allai hi ddim credu ein bod ni wedi'i churo hi, a dywedodd nad oedd hi erioed wedi cael y fath siom yn ei bywyd.'

'O'n i'n gwybod!' gweryrodd Plwmsen, a chodi ar ei thraed ôl mewn cyffro. 'Dyna wers iddi! Arhoswch chi nes bydd y Sioe nesa'n dod. O, mae gen i gynlluniau mawr ar gyfer Miss Snobi Nicyrs . . .'

Crwydrodd Basil draw a gwylio'r Shetlands yn sboncio'n llon yn eu cornel o'r sgubor. Edrychodd ar Sam a rholio'i lygaid. 'Gwallgo! Maen nhw i gyd yn wallgo.'

'Bydd dawel a *symud o'r ffens*,' gwichiodd Plwmsen, gan ruthro at ben Basil a'i ddannedd yn clecian.

Cripiodd Sam a Miaren i ffwrdd a'u gadael i gweryla. Roedd y ddwy'n wên o glust i glust yr holl ffordd i'r iard isaf.

'Mae e'n iawn, cofia,' meddai Miaren. 'Maen nhw'n wallgo. Mae pob Shetland yn hollol bananas.'

Chwarddodd Sam. Aeth â Miaren i'r stabl, tynnu'r harnais, a sychu'r chwys oddi ar ei chôt. Yna fe roddodd hi wair ffres yn y preseb a llenwi bwced â dŵr glân. Yn nhawelwch y stabl, pwysodd yn erbyn ysgwydd Miaren ac anadlu ei harogl, tra oedd y ferlen yn cnoi.

'Meddwl o'n i,' meddai Miaren drwy lond ceg o wair. 'Wyt ti'n meddwl bod rhywun eisiau 'mhrynu i nawr?'

'Dwi ddim yn siŵr,' meddai Sam yn ddwys. 'Mae bron pawb yn gwybod bod Miss Mwsog am dy werthu di. Roeddet ti'n wych heddiw, felly digon posib. Pam? Wyt ti eisiau mynd go iawn?'

Ochneidiodd Miaren. 'Wel, alla i ddim aros, alla i? Dwi ddim yn un sy'n siwtio ysgol farchogaeth. Mae mooooor ddiflas cerdded mewn cylchoedd nes bod dy ben di'n troi, a rhyw blentyn sy'n rhy dwp i farchogaeth yn iawn yn dy gicio drwy'r amser. Byddai'n braf mynd i gartref lle mae gen i un marchog yn unig. Gallwn i ddysgu'r person hwnnw i reidio fel dwi eisiau, a mynd i gystadlu eto. Alla i ddim byw heb gystadlu.'

Trodd Sam gudyn o fwng Miaren am ei bys a theimlo dagrau'n pigo'i llygaid. Yn ystod yr wythnosau diwethaf roedd hi wedi llwyddo i anghofio bod Miaren ar werth. Beth os byddai'r ferlen fach fywiog yn cael ei gwerthu ymhen wythnos a Sam byth yn ei gweld hi eto? Teimlai'n sâl wrth feddwl am y peth.

Meddyliodd Sam am yr arian yn ei chyfrif banc. Roedd Mam a Dad yn rhoi'i harian pen blwydd a'i harian Nadolig yn y cyfrif, ac weithiau roedd Mam-gu a Tad-cu yn rhoi rhywbeth bach dros ben. Y tro diwetha'r edrychodd hi, roedd ganddi £150. *Faint fyddai pris Miaren?* meddyliodd. Roedd Alys a Mam yn rhannu Melfed. Fyddai ots pe bai Sam yn cael merlen iddi hi'i hun? Roedd Mam wedi dweud y byddai'n fodlon ystyried hynny, os câi Sam afael ar y ferlen iawn.

Ond fydd Mam yn cytuno mai Miaren yw'r ferlen iawn? meddyliodd Sam. *Mae'n bert, mae'n gyflym ac mae'n gallu gwneud popeth – ond mae hefyd yn rwgnachlyd ac yn boen!*

'Miaren,' meddai.

'Mmhpf,' snwffiodd Miaren, a rhwygo darn o wair o'r rhwyd. 'Be?'

'Be tasen *i*'n dy brynu di?'

Edrychodd Miaren arni am funud, ac yna codi'i phen a chwerthin fel asyn.

'Be sy mor ddoniol?' gofynnodd Sam yn ddig.

'Byddai'n beth da – i ti!' meddai Miaren.

'Ond meddylia faint o amser gymerai hi i fi dy ddysgu di. Gwastraff amser fyddai hynny i rywun fy oed i.'

'Faint yn union yw dy oed di?'

'Wel, am gwestiwn hy iawn, iawn, ddwy-goes,' meddai Miaren, a llyncu cegaid o wair. 'Dwi'n synnu atat ti.'

Syllodd Sam arni'n gegagored. Doedd *neb* yn fwy anfoesgar na Miaren! A neb yn fwy hunanbwysig!

'Rwyt ti'n meddwl dy fod ti'n ferlen arbennig, yn dwyt?' meddai Sam â gwên ar ei hwyneb.

'Dwi *yn* ferlen arbennig,' meddai Miaren. 'Nawr cer o 'ma a gad lonydd i fi fwyta.'

Chwarddodd Sam ac edrych ar ei watsh. 'Dwi'n mynd, ond nid o dy achos di. Mae Mam wedi paratoi picnic a dwi ddim

eisiau i Alys fwyta'r siocled i gyd cyn i fi gyrraedd. Wela i di fory.'

Roedd hi'n cerdded i ffwrdd pan wthiodd Miaren ei phen dros ddrws y stabl. 'Oi!'

'Be?' meddai Sam.

'Oes 'na afalau yn y picnic?'

Gwenodd Sam. 'Falle. Pam wyt ti'n gofyn?'

'Achos dwi'n haeddu anrheg fach, ar ôl i fi neidio mor ffantastig heddiw a gorfod dioddef dy gwmni di.'

'Wyt ti wir?' meddai Sam.

'Yn bendant,' meddai Miaren. 'Ond paid â dod ag afalau cochion. Maen nhw'n rhy felys ac yn gwneud i 'nannedd i gosi. Dere ag afal sur, gwyrdd. A gofala ei fod e'n afal caled – heb ddim cleisiau na darnau wedi pydru.'

'Fe wna i 'ngorau, eich Mawrhydi.' Chwarddodd Sam a cherdded i ffwrdd i'r iard isaf i chwilio am Alys a Mam.

'Merch fach hyfryd,' meddai'r ceffyl yn y stabl drws nesaf i Miaren.'

'Dyw hi ddim yn ddrwg,' meddai Miaren. 'Dyw hi ddim yn arbennig o glyfar chwaith, ond fe alla i ei dysgu hi.'

'Ti'n hoff ohoni, yn dwyt?' meddai'r ceffyl.

'O twt, ddwedwn i mo hynny,' meddai Miaren, a chladdu'i thrwyn yn ei gwair.

Dyma nhw'r merlod!

Miaren

Merlod Maes-y-cwm

BRID: Merlen Gymreig, sef brid brodorol. Mae'r brid yn enwog am ei glyfrwch, ac mae Miaren yn bendant yn glyfar – ac yn gwybod hynny hefyd! Mae merlod Cymreig yn aml yn nwyfus a bywiog, fel Miaren. Er eu bod yn fach mae'n frid cryf iawn, ac yn ddigon gwydn i fyw tu allan drwy'r flwyddyn.

TALDRA: 12.2d (Mae dyrnfedd yn mesur 4 modfedd. Felly mae Miaren yn mesur 12 dyrnfedd a hanner.)

LLIW: Du fel y frân

MARCIAU: Dim

HOFF FWYD: Afalau gwyrdd (rhai heb gleisiau – dim ond yr afalau gorau ar gyfer y ferlen arbennig hon!)

HOFF BETHAU: Neidio, rasio, a phrofi marchogion i weld pa mor hir y gallan nhw aros ar ei chefn!

CAS BETHAU: Rhubanau o bob math, yn enwedig pan fydd rhywun yn trio'u clymu ar ei mwng neu ei chynffon. Hefyd, dyw hi ddim yn hoffi Shetlands bach dwl sy'n meddwl eu bod nhw'n bwysig.

Melfed

BRID: Cob Gwyddelig. Mae cobiau Gwyddelig yn sicr ar eu traed, felly maen nhw'n ddiogel ac esmwyth i'w marchogaeth. Maen nhw'n garedig tu hwnt, yn glyfar iawn, yn fawr ac yn gryf, fel Melfed. Maen nhw'n hoffi cwtsh!

TALDRA: 15.2d

LLIW: Du

MARCIAU: Seren wen rhwng ei llygaid sy'n edrych fel diemwnt mawr.

HOFF FWYD: Pethau blasus, yn enwedig moron.

HOFF BETHAU: Mynd am dro i'r wlad, a chrafu'i hunan drwy rolio yn y cae!

CAS BETHAU: Pryfed

plwmsen

BRID: Merlen Shetland Fechan. Daw merlod Shetland yn wreiddiol o Ynysoedd Shetland yng ngogledd pell yr Alban, ond maen nhw i'w gweld dros y byd erbyn hyn. Merlod Shetland yw'r lleiaf o'r bridiau Prydeinig brodorol, ond nhw hefyd yw'r cryfaf (o ran eu maint). Maen nhw'n ddewr iawn, ac fel arfer o gymeriad cryf – sy'n egluro pam mae Plwmsen mor ddigywilydd!

TALDRA: 9d

LLIW: Lliw brown cynnes â mwng a chynffon felen. Mae hi'r un lliw â phlwmsen felynfrown, a'i mwng a'i chynffon yn debyg i wallt melyn.

MARCIAU: Dim

HOFF FWYD: Gwair, a digon ohono!

HOFF BETHAU: Dangos mai hi yw'r bòs!

CAS BETHAU: Pobl ddwl, yn enwedig rhai sy'n rwdlan, a cheffylau mawr sy'n meddwl eu bod nhw'n bwysig am fod eu pennau yn y cymylau.

Nodweddion ceffyl

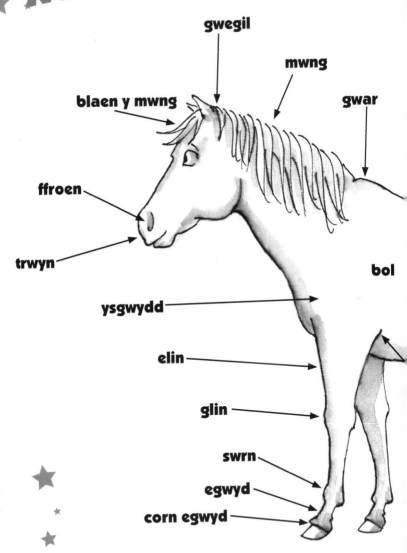

gwegil

mwng

gwar

blaen y mwng

ffroen

trwyn

ysgwydd

elin

glin

swrn

egwyd

corn egwyd

bol

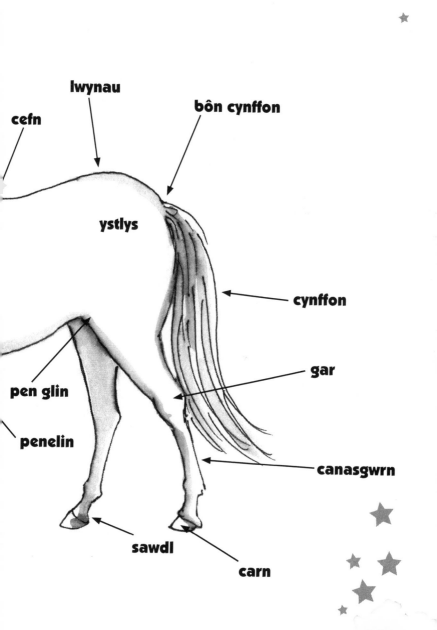

lwynau

cefn

bôn cynffon

ystlys

cynffon

pen glin

gar

penelin

canasgwrn

sawdl

carn